SOTUS
1

BitterSweet

CONTENTS
目次

CHARACTER

登場人物

アーティット（Arthit）

ヘッドワーガーとして新入生を指導する工学部3年生。コードナンバー0206。最初は生意気な後輩として敵視していたコングポップに対し、次第に心を許し…？

コングポップ（Kongpob）

正義感が強く優秀な工学部１年生。コードナンバー0062。厳しすぎる先輩の命令に動じないばかりか、アーティットのことが気になっていく。

▶ コングポップの友達

［ **エム** ］
コングポップとは高校時代からの付き合いで、支え合う仲。

［ **ティウ** ］
コングポップやエムと同じ産業工学科に所属する。

［ **ワード** ］
ラップノーンに懐疑的で、活動にほとんど参加しない。

［ **メイ** ］
大人しく内気だが、しっかりものの女子学生。

［ **プレーパイリン** ］
可愛らしい容姿から、学部のスターに選ばれる。

▶ アーティットの友達

［ **ノット** ］
アーティットの良き理解者。

［ **プレーム** ］
血の気が多いが、何かと世話を焼いてくれる優しい心の持ち主。

［ **ファーン** ］
救護班の先輩。１年生を優しくサポートする。

［ **ディア** ］
工学部４年生で、元ヘッドワーガー。

GLOSSARY

用語説明

▶ラップノーン

タイの大学に見られる、新入生に対する歓迎活動。
後述のSOTUS制度を盛り込んだ、厳しいものであることが多い。

▶SOTUS(ソータス)

集団行動や責任感などを学ぶための価値観。

本作に登場する工学部では、ラップノーンにおいてSOTUSの精神を学ぶために、制度として導入されている。

▶チアミーティング

絆を深め、学部の一員となる意識を高める課外活動。

▶ワーガー

チアミーティング、またラップノーンの主な指導者。
学部3年生が務め、リーダーはヘッドワーガーと呼ばれる。

▶ギア

ラップノーンを全て終えた後に先輩から渡される、正式な工学部生となる証。

▶コードナンバー

学籍番号のこと。
各学年、同じ番号同士は「コードナンバーファミリー」として交流を行う。

▶ワークショップシャツ

工学部生が着用する、襟付きのシャツ。
ショップシャツと略して呼ぶのが一般的。

▶フレッシーゲーム

新入生がスポーツで交流するイベント。
フレッシーナイトと呼ばれる後夜祭で締め括られる。

▶スター&ムーン・コンテスト

フレッシーナイトで行われる、大学で一番魅力的な
女性(スター)と男性(ムーン)を決めるコンテスト。

READING GUIDE 読書ガイド

本書のテーマとなっている〝SOTUS〟とは一体どんなものなのか？

タイの大学で行われる、一年生への教育とは――。

タイのNABU出版社と台湾版の翻訳者からの解説を元に説明します。

はじめに：SOTUS（ソータス）あるいはラップノーンとは

アメリカのコーネル大学を退職した教員が、一九四〇年頃にタイのカセサート大学に導入した制度のこと。

一年生が大学生活をスムーズにスタートさせるために、集団行動、責任感、社会的自覚などの精神を身につけること、更にはこの精神が、一つの大学から全国の教育機関に普及することを目的としています。

タイでは、この活動は学生生活の一部だけでなく、彼らの人生をも変える重要なものです。

●SOTUSとは一体どのような制度なのか？

SOTUSは一種の軍隊階級や独裁制度的な意味合いが強く、民主性の薄い制度とも言われています。

●このような活動が学生にどう影響するのか？

多くの大学でSOTUSが実施された後、タイの大学一年生の生活と文化は大きく変化しました。

多くは異なる高校から来た学生であり、友人のいない新しい環境に身を置くことになります。

新入生活動に参加することにより、彼らは安心感を得ることができ、寂しさを感じることもありません。

タイの大学――あるいは社会の風紀は個人主義を認めておらず、「もしこの活動に参加しなければ孤立してしまい、話し相手もできず、新しい環境になじめなくなる」……このような考えが、一年生を縛りつけているとも言えます。

●全ての大学がSOTUSに賛成しているのか？

答えは〝ノー〟です。現に教育省は、全ての学生が大学の活動に参加するかどうかを自由に選択できるべきであり、その判断は彼らの成績に影響してはならないと公表しています。

SOTUSを完全に禁止している大学や、SOTUSを継続しているが活動への参加は自由としている大学もあります。

一方で、SOTUSを積極的に受け入れ、それが学生の義務だとしている所も存在します。

また、学校がSOTUSを支持していなくても、学生の間で伝統として受け継がれている場合もあります。二年生や他の先輩たちの要求により、活動に参加しているのです。

確かにこの活動は協力関係を築き、団体行動を促し、一年生の間に友情と社交の場をもたらします。しかし一部の人間が、先輩としての立場や権力を乱用し、暴力や人の容姿を馬鹿にするような発言、セクシャルハラスメント、飲酒強要などをする様子も多く見られているのが現状です。

こういったことは、取り返しのつかない傷害や死亡事故など、一年生の安全に関わる場合もあります。

インターネット上などでは、この活動に関する積極的な面と消極的な面が取り上げられています。

●これらの背景と本作との関係は？

二〇一四年、SNS上であるハッシュタグ「#พี่ว้ากตัวร้ายกับนายปีหนึ่ง（#悪魔のワーガーと一年生くん）」が話題となりました。

すると大勢の人が、話題となった動画中の一年生がどのように扱われているかを討論し、その数日後には、多くの作家がこのハッシュタグから派生した物語を創作しはじめました。しかし、大抵SNS上での話題は長くは続きません。

数か月後にはそのハッシュタグについて誰も言及せず、SOTUSをテーマとして書かれた物語も更新されなくなりました。

そんな中、著者であるBitter・Sweet氏は作品の更新を続けた作家の一人です。

彼女は創作を続け、可能な限り自身の観点から、読者とSOTUSについて議論しました。

この物語で特徴的なのは、各登場人物の考えの違いと、全ての人がわかりあえることのできない部分を取り上げているところです。

柔らかな口調でフラットに話し合うことで、タイの青年たちがSOTUSについてどう思っているのかを表現しています。

ある者は権力を欲し、ある者は抵抗を感じ、ある者は快くは思わないがどうすればいいのかわからない。

さまざまな意見を持った登場人物を描くことで読者は物語の一員となることができるのです。

——タイ・NABU出版社　マネージャー　Ghee

タイの大学では通常〝学部〟（文学部、工学部、理学部…など）単位で活動が行われ、ときには学科ごとに行われることもあります。

また、タイの大学では一年生を迎える活動として、合宿に出かけることは比較的少なく、主な活動は主に学部単位で集まり、ゲームなどを行います。

この物語の舞台は工学部です。一般的に工学部の先輩は後輩にとても厳しいといわれています。

なぜなら、工学部は学生の数が多いうえに、男子学生の割合が高いからです。上級生は先輩の権力を行使し、後輩たちを管理します。

それゆえに、大学生活のはじめに一年生を厳しく扱い、管理体制を構築するのです。他の学部は工学部とは違って楽しい雰囲気であることがほとんどでしょう。

現在SOTUSは、先輩たちのストレス発散や、気に入らない一年生をいじめる手段となってしまっています。

タイでは毎年一年生に対する暴力事件がニュースとなり、多くの人々がこの制度や、その目的に疑問を持っています。

この物語の主人公・コングポップもSOTUS制度に疑問を持つ一年生です。しかし物語が展開するにつれ、先輩・アーティットの厳格な行動の真の目的が明らかになるのです。

——台湾版翻訳者　璟玟

装画
高崎ぼすこ

SOTUS 1

一年生規則第一条
ワーガーに口答えしようなんて思うな

「君たちの声はその程度なのか？　もっと大きな声で！」

看守が囚人を怒鳴りつけているかのような威圧的な声が響き渡る。だが、ここにいるのは監獄にいる囚人ではなく、工学部の講堂の真ん中に萎縮して座っている新入生だ。

彼らの目の前には〝休め〟の姿勢で三年生の先輩たちが整然と直立していた。しかも、前世からの恨みでもあるかのように鋭い視線で後輩たちを睨みつけている。

その中でも目鼻立ちのはっきりとした容貌《ようぼう》のアーティットは一際《ひときわ》鋭い目つきをしていた。工学部産業工学科三年でヘッドワーガーを務める彼は、たった今後輩たちの声が小さすぎると叱《しか》ったばかりだった。だが、たとえ後輩の声がコンサート並の大きさだったとしても、きっと彼は同じように聞こえないと言っただろう。

（……なんだよ、何か問題あるか？　これは代々引き継がれる、意志を託されたワーガーの特権なんだ。お前らが遭遇してることなんて、俺は全て経験してきたんだぞ。そして、これはほんの始まりにすぎない。本番はこれからなのだから）

ワーガー役を演じる人物は冷静な表情のまま、厳格な口調で再び尋ねた。

「もう一度聞く。今年の新入生は全部で何人いる！」

アーティットの予想通り、講堂全体が静まり返った。

（当然だ。学校が始まってまだ二日しか経っていないというのに、同級生が何人いるかなんて誰も覚えているはずがない。特に工学部は学生数が大学内で最も多い。講堂を見渡すだけで千人以上の学生が整列してるんだから、正確な数を答えるよりも微分積分を解いた方が早いくらいだ）

そして、この静寂こそアーティットが求めていたものだった。なぜなら、講堂に集まった一年生にこうしてプレッシャーを与えて追い詰めるのがワーガーのやり方なのだ。

（工学部の一年生を教育するには、暴力が必要だ……なんて誰が言ったんだ。そんなものは必要ない！）

手など出さなくても威厳を示すことはできる。そうでなければ、学生である自分たちは教授に目を付けられ、面倒なことになるだろう。

だからこそ、後輩たちに対して礼儀正しく話すことはワーガーの掟《おきて》だった。しかし、丁寧な言葉遣いであっても後輩たちをじわじわと恐怖で怯《おび》えさせることはできる。現にアーティットは言葉のみを使って後輩たちを圧倒し、怖気付《おじけづ》いた彼らはうつむいて黙り込んでいた。

「誰も答えられないのか。君たちは友達に関心がないということだな？　誰ひとり同級生のことを覚えていないのだから！」

ヘッドワーガーは鋭い眼光を光らせながら、座っている新入生の周りをゆっくりと歩きはじめた。ほとんどの学生は気落ちしてうつむき、中にはすすり泣く者もいる。それはワーガーの教育方法の成果が表れたという証拠だった。

（本当のところ……俺は無慈悲なやつじゃないし、人が泣いているのを見て喜ぶようなサイコパスでもない）

だが、これこそがワーガーに課せられた任務で、避けては通れないことなのだ。

とはいえ、女子学生が泣きはじめれば、アーティットも内心でわずかに動揺してしまう。特にまだあどけない女子となれば、とっさに駆け寄って慰めたくなるのが人の性《さが》だ。

しかし、彼はワーガーとしての冷酷なイメージを保たなければならない。涙を流す美女の前であっても、決して気遣う様子など見せず、怖い顔を作り続けなくてはいけないのだ。

ふいに、その女子学生の隣に座っていた男子学生がハンカチを差し出すのが目に入った。彼女はぎこちなく微笑《ほほえ》むとハンカチを受け取り、涙を拭う。

「ありがとう……」

（……おいおい……甘ったるすぎだろ！）

あまりに甘い光景に、あの男子学生に自分の姿は見えているのだろうかと、アーティットは疑問に思った。

ヘッドワーガーがまだここに立っているというのに、あろうことか先輩の前でいちゃつきはじめるとは。しかも、あとで電話番号でも聞こうかと思っていた可愛い子を、よりによって目の前で一年生に横取りされるなんて。

（そうか……男らしさを見せたいんだな、カッコつけたいんだろ？　いいだろう、お前の望み通り男にしてやろうじゃないか）

「そこの君、立ちなさい！」

アーティットはハンカチの持ち主の男子学生に命令した。泣いていた女子学生は驚き、不安に満ちた目で隣に座った同級生を見つめる。ワーガーに目を付けられてしまったのだから当然だ。

しかし、呼ばれた学生は「大丈夫だよ」というように首を横に振ってみせた。

彼が立ち上がると、その背がかなり高いことにアーティットは内心わずかにショックを受けた。なぜなら、一七八センチある自分は平均以上の高身長だと自負していたのだが、目の前にいるこのキザったらしいクソガキは自分よりもさらに十センチほど高かったからだ。

しかも彼のビジュアルときたら、くっきりとした眉毛《まゆげ》に整った顔立ちが男らしい魅力を感じさせ、その場にいる全ての男子学生をも圧倒するオーラを放っていた。

（なんなんだよ……蹴っ飛ばしてやりたくなってきた……見てるだけでますますムカついてくる。ちょうどいい、ワーガーの前でカッコつけようとしたことへの重い罰を用意してやろう）

「名前とコードナンバーを大きな声で言え！」

「コングポップ、００６２です！」

「新入生は全部で何人いるか答えろ」

「わかりません」

「なぜわからないんだ？」

「数えたことがないからです」

アーティットは苛立って思わず眉を引《ひ》き攣《つ》らせ、怒りにより拳を震わせた。こいつの顔面に一発お見舞いしてやろうかと思案したが、なんとか堪《こら》えて落ち着きを装う。

（……ふざけてんのか？　この一年、苛つかせやがって……なんだその言い方は。どう考えても喧嘩売ってんだろ！）

もしここが学校の外なら、とっくに手が出ていただろう。しかし、ここは工学部の講堂の中で、千人以上の一年生が見ているのだ。ちょっとくらい生意気な態度をとられたところで大した問題じゃない。彼がワーガーである限り、いつでも尊厳を取り戻すことができるのだから。

アーティットは怒りを抑え、威圧的な口調で命令した。

「たとえ数えたことがなかったとしても、同じ学年の人数くらい知っておくべきだろう。今後は私が聞く全ての質問に答えるように。わかったな？」

「わかりました！」

コングポップの返事にアーティットは軽くうなずいて、ズボンのポケットから紐《ひも》の付いたペンダントを取り出した。紐の先には、歯車《ギア》の形をした褐色《かっしょく》の飾りが括《くく》り付けられている。アーティットはそれを掲げ、一年生に問いかけた。

「この〝ギア〟が見えるか？」

「見えます」

「これは君たち新入生に贈られるものだ。ギアは我々工学部の誇りであり、シンボルだ。そして、一人だけで受け取ることができるものじゃない。もし君たちが、ギアを受け取るにふさわしいと示せないのなら、ここから出ていくといい！　ただし、この先ずっと我々工学部の後輩とは認めないがな！」

最後の一言は、起立させた男子学生だけでなく、講堂に集まった一年生全員への脅《おど》しのようなものだった。なぜなら、彼らがギアを得られるかどうかは、三年生のワーガーたちの手にゆだねられているからだ。

一年生が大人しく先輩たちの話を聞き、彼らを敬い、積極的に活動に参加すれば、工学部のプライドともいえるギアを手に入れることは簡単だろう。

反対に……もし一年生の中に、先輩たちに対して不遜《ふそん》な態度をとる者がいれば……。

連帯責任で全員が失格となり、もう一度初めから訓練を受けなければならない。しかも、いっそう過酷な二回目の指導に不合格になろうものなら、二度とギアを手に入れることはできず、自らを恥じながら残りの大学生活を送ることになるのだ。

（これは冗談で言ってるんじゃない……本当に認めるつもりがないんだ）

一年生たちはおそらくその前例を聞いたことがあるのだろう。すでに幾人かの新入生の顔は青ざめていて今にも倒れそうだ。ギアをその手に握り上手《うわて》の立場にいるアーティットは、彼らの様子を見て心の中でほくそ笑んだ。

(さあ、ワーガーに挑発的だったクソガキを教育しようじゃないか)

「それでだ、コングポップ。もし我々がこのギアを君に渡さなかったらどうする?」

アーティットは勝ち誇った顔をした。この生意気な下級生は、おそらくまた「わかりません」と言うだろう。その答えが返ってきたら、アーティットは皆の前で罰を与え、彼を晒《さら》し者にするつもりだった。

(ふっ……どっちが上か思い知ったか。俺に勝とうなんて十年早いんだよ、このガキ!)

自分が勝者だと決め込んだアーティットは、わかりきったコングポップの返事をその場で悠《ゆう》長《ちょう》に待つつもりなどなかった。罰を命じるため、彼に背を向けて定位置に戻ろうとする。

しかし、一歩踏み出すよりも先に背後から聞こえた声が彼をつまずかせた。

「あなたから奪います!」

アーティットは呆気《あっけ》にとられ、すぐに振り返った。耳にした言葉が信じられなかったのだ。

(……奪うってなんだ……幻聴か? もういっぺん言ってみろ)

「今なんと言った?」

アーティットは、悠然《ゆうぜん》と立つ一年生をまっすぐに見つめ問《と》い質《ただ》した。彼のずる賢い眼差しに胸がざわついたが、怯《ひる》むことなく睨み返す。

「先輩がギアをくれないのなら、奪うしかありません」

威勢よく返された力強い言葉には少しも恐れが感じられず、講堂からは驚きの声が上がる。呆《ぼう》然《ぜん》としたヘッドワーガーは、目を大きく見開きその場に立ち尽くした。チアミーティング〈集会〉の真っ最中に下級生に侮辱されたのだ。まるで靴の裏で頬《ほほ》を叩《たた》かれたような衝撃に、彼の手は制御できないほどの怒りで震え、一年生を礼儀正しく扱うというワーガーの掟すら忘れてしまった。

彼は〝生意気な野郎〟のもとへまっすぐ歩き、相手の制服の胸ぐらを掴む。

「もう一度言ってみろ！　この俺からギアを奪えるとでも思ってるのか？」

「はい！」

「どうやって奪うつもりだ!!!」

「先輩を僕の妻にします！」


……言葉を失った。

……講堂全体が静まり返る。

コングポップは大きな手を伸ばし、自分の胸ぐらを掴んでいるアーティットの手を握った。彼の目は依《い》然《ぜん》として、目の前にいる固まったままのワーガーをまっすぐに見つめている。アーティットは、その目の奥で一瞬何かがキラリと光った気がした。

彼は口を開き、小賢しい口調で続ける。

「よく言うでしょう、『夫婦のものは自分のものでもある』と。だから、あなたを僕の妻にすれば、そのギアは僕のものになります」

「お前っ……！」

アーティットはすぐに手を振りほどき心の中で相手を罵《ののし》ったが、実際に彼の口から出たのはその一言だけだった。なぜなら、そのあとの言葉は講堂に響き渡る歓声と口笛に掻き消されたからだ。しかもそこには他のワーガーたちの声までも入り混じっていた。一年生からの大胆な挑発に、怒りよりも好感を抱いたのだ。ヘッドワーガーが我を忘れて怒鳴り散らしてしまうほどに怒らせる、そんな度胸のある一年生は滅多にいない。

「全員静かにしろ！」

ヘッドワーガーの絶対的な命令に、講堂は一瞬で静まり返った。当事者二人が再び向かい合う。

アーティットはなんとか理性を取り戻し、大胆な言葉で怒らせてきた相手をまじまじと見つめた。

（……わからない……本気なのか、それとも冗談なのか。だってこのクソガキは、ゲイか何かってわけでもなさそうだったのに。いや、だからってこの程度のことを俺が恐れると思うなよ。本気で俺を妻にしたいのなら、いつでもかかってこい！　ヘッドワーガーは男の中の男、何にも屈することはない。どんな挑戦でも受けて立つ！）

しかしそれよりも先に、まずは今日の借りを返さなければならない。

「まあいい。今宣言したことが本当に実行できるかどうか、見ていてやるよ。だが、ギアは今私の手にある。そして私は先輩として、君に命令することができる」

その手に権力を握っているアーティットはニヤリと笑い、立場をわからせるように罰を命じた。

「コングポップ、0062！　スクワット二百回、始め！」

「はい！」

罰を命じられた彼の表情に、落胆の色は全くない。それどころか誇らしげな微笑みを浮かべてすらいる。返事をする声には覇気があり、喜んで先輩の命令を受け入れているようにも見えた。

講堂の前方に移動し、大人しくスクワットを始めたコングポップに新入生たちの同情の視線が集まる。アーティットは満足げな表情で、罰せられている学生を見下ろした。しかし、その内心に満ちた怒りは隠しきれなくなりそうなほど大きかった。

（ふっ……一年生のガキがこの俺を妻にするだって？　寝言は寝て言え！　〝ギア〟を賭けた戦いを甘く見るなよ。そのうち、妻にされるのが誰なのか思い知るがいい！）

……戦いに勝つのは、〝悪魔のワーガー〟と〝一年生〟の、どちらなのか。

一年生規則第二条
ワーガーからの全ての質問に答えるように

「誰が顔を上げていいと言った！　全員伏せていろ！」

　誤解がないように断っておくと、これは軍事訓練などではない。アーティットという名の大学三年生のヘッドワーガーの温情なのだ。彼はきっと「後輩たちの健康のために、炎天下の日差しからビタミンDを摂取させてあげよう」とでも考えているのだろう。

……そうに違いない……広いサッカー場の中央で、真っ昼間の太陽は彼らの顔を焦がし、背中は汗でびっしょりと濡れている。しかしワーガーたちは、まるで皮膚が光合成をするのに慣れているとでも言うように姿勢を崩さず、涼しい顔をしていた。それもこれも地面に伏せて泥まみれになっている一年生たちを威圧するためだ。

　一年生たちはあることで罰を受けていた。

「何時に集合しろと言った？」

　一年生たちの返答は、蚊《か》の鳴くような声だった。ヘッドワーガーは声を荒らげてもう一度怒鳴り声を上げる。

「大きな声ではっきりと言え！　何時に集合しろと言った？」

「十二時です！」

よし……それでいい。グラウンドは広く、講堂のような室内空間とは違って音が反響しないため、声を張り上げる必要がある。これ以上喉《のど》を痛めるのはごめんだった。

（一年生たちは知らないだろうが、ワーガーは皆、帰ったあとに蜂蜜《はちみつ》レモンで喉を潤《うるお》さなきゃやってられないんだ）

近所の店からレモンがなくなったのはそのせいだ。しかし、後輩たちに根性を示すためには、マイクや拡声器を使わずに耐えなければならない。そしてヘッドワーガーであるアーティットは、とりわけたくさん話す必要がある。

彼は喉の調子を整えるために小さく咳払《せきばら》いし、次の質問に移った。

「それで、今は何時だ？」

一年生たちの曖昧《あいまい》な返事は聞くに堪《た》えないものだったが、苛立ちをグッとこらえる。喉を痛めるような大声はもう出したくない。

「もういい！　答える必要はない！　私が教えてやろう。今は十二時十八分五十七秒だ。君たちが遅れたことで我々は待ちぼうけを食わされた。これは先輩がしなくてはいけないことか？　君たちに〝責任感〟はないのか？　それともどこかに置いてきたのか？」

アーティットはグラウンドに伏せている一年生を見渡す。彼の長い嫌みが終わると再び辺りは静まり返り、ピクリとも動かなくなった。だが今までのは前置きにすぎず、ここからが本番だ。

「まあいい、これが初めてだからな。チャンスをやる」

グラウンドに伏せた一年生の多くが罰を免《まぬか》れたと思い込み、安堵《あんど》のため息を吐く。しかしそれも束の間、ヘッドワーガーが次に言い放った言葉に彼らは凍りついた。

「これから私がこの中から一人を選び、質問をする！　もし君たちの友人がそれに答えられなければ、全員が罰を受けなければならない！」

一年生たちが見た希望の光は瞬く間に消えた。まるで頭を撫《な》でてもらったあとに殴られ、終《しま》いには何度も蹴られたかのようだ。

……全員の声を合わせて答えてもワーガーを満足させることができず、苛つかせてしまったというのに、たった一人に希望を託さなければならないなんて。そんなの地獄行きが決まったも同然じゃないか。

最も不幸なのは、同級生全員の運命を背負わせられる学生だった。もしワーガーからの質問に答えることができなければ、罰を受けるだけでなく、きっと代々のご先祖様たちからも呪われてしまうだろう。

当然、アーティットはそれをよく理解したうえであらかじめルールを設定しておいたのだ。彼が選ぶ犠牲者は、周りから責められ憎まれることになる。

そして、その候補となる学生は一人しかいない。

「0062、前に出てこい！」

コードナンバーの主は指示に従って前へ出た。同級生たちは励ましの視線を送りたかったが、グラウンドに伏せているせいで何もできない。

生意気なクソガキを見たヘッドワーガーは、彼の表情がいつもより明らかに真剣さを帯びていることに気がついた。

（ふん……十年間恨《うら》み続けていたって足りないくらいだ！）

まだ一日しか経っていないのだから、つい昨日受けた屈辱をアーティットという男が忘れているはずがなかった。

本当のところ、人の目につかない場所で袋叩《ふくろだた》きにしてやりたかったが、それではあまりに野蛮すぎる。そのため戦いの場を改めて考え直す必要があった。何百人もの目撃者がいる状況ならば、相手の身体に危害を加えることなく復讐ができる。

（知っての通り、我々のラップノーンは教養を持ち合わせているのだ。暴力よりももっと残酷な方法でこの恨みを晴らしてやる！）

完璧な復讐計画を胸に満足げに微笑んだアーティットは、目の前に立つ0062番のコングポップをじっと見つめた。彼は、自分のためにあらかじめ用意された質問を待っている。

毅然とした口調で、ヘッドワーガーは彼の運命を決定づける言葉を口に出した。

「昨日君に、新入生が何人いるか聞いたな。覚えてるか？」

「覚えてます！　二五五六年〔タイで使用されている仏暦。西暦二〇一三年〕の工学部新入生は合計千百七十八人、そのうち産業工学科の学生は二百十六人です」

素早い返答に、アーティットは驚きを隠せなかった。答えることなどできないと決めつけていたからだ。どうやら彼は事前に勉強してきたらしい。実のところアーティット自身、工学部の新入生の数など把握していなかった。手元にある産業工学科の新入生名簿を確認すると、確かに〝二百十六人〟と表記されている。つまり、彼はでたらめを言ってはいないということだ。

（……なるほど……なかなか手強いな、一年め！）

彼を見くびっていたのかもしれない。しかしこの程度で引き下がると思ったら大間違いだ。何せ〝作戦Ｂ〟があるのだから。

「いいだろう！　だが、これは私が聞きたかったことじゃない。ただ思い出させたかっただけだ。君の周りを見てみろ。それから大きな声で数えて聞かせてくれ。今日、新入生は何人来ているのか」

コングポップは振り返り、グラウンドに並んで伏せている同級生の数を命令に従って数えていく。その声に静かに耳を傾けるワーガーは、一年生が全員揃《そろ》っていないということに一目見た時から気づいていた。それでもあえて声に出して数えさせたのは、プレッシャーを感じさせることでより重苦しい空気を作り出すためだ。特に、最後の一人を数え、カウントが止まる時……それが恐ろしい数字だった場合、よりいっそう、重圧に苦しむことになるだろう。

「ここにいるのは百六十二人です」

「では、何人がここに来ていない？」

「五十四人です」

工学部生らしい素早い計算だった。アーティットはそれにうなずくと本題に入る。まだ話は終わっていない。

「では、質問をしよう。そして君はそれに答えなければならない」

恐れる色のない後輩の目を見つめ、アーティットはニヤリと不敵な笑みを浮かべた。

そして、次に発せられた制裁の言葉に、誰もが思わず息を呑む。

「教えてくれ。ここに来ていない五十四人の学生はどこに行ったんだ？」

「……」

――この質問に答えはない……そう、たとえ彼がアインシュタイン並の超天才だったとしても、ここにいない五十四人がどこに行ったのかを知る方法などないのだから。

産業工学科では本来、新入生のチアミーティングへの参加は強制していない。だが参加しなければ、その宿命は自動的に全て他の学生たちに降りかかることになる。自分の代わりに同級生たちに罰を受けさせたくないのなら、大人しく訓練に参加するしかない。つまりは、強制的に参加させられているようなものなのだ。

ワーガーの目的は罰を与えることそのものであり、全ての行動は罰へと繋《つな》がっている。ただし、今回アーティットが標的を絞ったのは例外だった。そんなことをしたのは、昨日自信満々に立ち向かってきたクソガキを叩きのめすことをより楽しむために他ならない。そしてその彼は今、完全に口を閉ざしている。

（はは……どうだ？　他の誰でもない、この俺に喧嘩を売ったんだ。ヘッドワーガーである俺様を知らなすぎたな。せいぜいお前のせいで罰せられる友人たちから責められる覚悟をしておけよ）

アーティットは密かに勝者の微笑みを湛《たた》えた。だが、これだけでは気が済まない。彼はグラウンドに伏せている一年生たちに非難がましい口調で言い放った。

「顔を上げろ！　顔を上げて、質問に答えられなかった君たちの友人を見るんだ。そしてこれからここにいる全員に罰を――」

「彼らはどこにも行っていません」

いきなり話を遮《さえぎ》られたアーティットは、すぐさま振り返って声の主を見た。そして、眉を釣り上げて尋ねる。

「もう一度言ってみろ」

「彼ら五十四人はどこにも行っていません」

明らかに事実と異なる発言に、それを聞いた誰もが目を見開いた。この状況でそんな大胆なことを言うなんてありえない。

（……お前、死にたいのか？　この辺にしておいてやろうと思ってたのに、余計な口を挟みやがって！　もっと徹底的にやらないと懲《こ》りないようだな……いいだろう。お前がそのつもりなら、やってやろうじゃないか！）

「目を開けて、一年生が全員いるかどうか見てみろ！　どこにいるって言うんだ！」

アーティットは灼熱《しゃくねつ》のグラウンドに伏せている一年生たちを指差し、怒りも露《あら》わに叫ぶ。しかしコングポップは、彼を驚きのあまり黙らせるような言葉を口にした。

「本当に彼らはどこにも行っていません。彼らは僕たちの心の中にいます。本人はここにいませんが、代わりに彼らの心が送られてきました」

（……は？　〝どこにも行っていない、代わりに心が送られてきたから〟だと？　チッ、くだらねぇ！　ドラマの真似事か？　韓国ドラマのヒーローに成りきって、友達が罰せられないように庇《かば》っているつもりなのか？）

彼の発言がはったりだということくらいわかっている。

「そうか、ここにいない君の友人たちは思いやりがあるんだな。その〝送られた心〟とやらは、君たち全員をここにいない人数と同じ五十四周走らせるに見合うんだろうな！」

「違います。彼らの心は僕だけに送られました」

「どうして君にだけ送るんだ？」

「僕の心はすでに全てあなたに捧げているので、その空《あ》いたところを埋めるためです」

「……」

「……」

「……」

その場にいた全員が言葉を失った。

グラウンドに突然ピンク色の光が差し込んだかのようだ。しかも、そこにはぼんやりと紫色の光〔タイでは男性の同性愛を紫で表すことがある〕も交じっている。

突然皆の前で、一年生が三年生のヘッドワーガーを口説いたのだ。加えてその台詞《せりふ》は死ぬほど鳥肌が立ち、聞いただけで反吐《へど》が出てしまいそうなくらいクサいものだった。しかし、当のアーティットに吐き気を催す様子はない。代わりに急に沸騰したように激怒し、大声で相手の名前を荒々しく呼び上げた。

「コングポップ！」

「はい！」

「グラウンド五十四周ランニング、始め！」

「はい！」

彼はすんなりと命令を受け入れ、焦《こ》げつくほどの強い日差しに晒された広いグラウンドを走りはじめた。他の新入生たちは、自分たちを守るために勇敢に立ち向かったコングポップに思わず同情の眼差しを向けてしまう。

「見なくていい！　君たちにも罰を与える。大きな声で数えながらスクワット五十四回！　声が揃わなかったらできるまでやり直させるからな。始め！」

アーティットは大きな声で命じると、後輩たちの視線を気にせず所定の位置に戻った。

彼への恨みがましい目とは対照的に、賞賛に満ちたキラキラとした目で見つめられたコングポップは、光を放っているかのようだ。

生意気なクソガキを懲らしめる計画は失敗に終わった。それだけでなく、彼の代わりに自分自身が一年生に嫌われてしまったのだ。

（借りを返せなかったうえに、返り討ちに遭うなんて。ちくしょう！　悔しすぎる。調子に乗せてたまるか。覚えていろよ、コングポップめ！）

今回、幕が切って落とされた〝ギア〟を賭けた戦い……ワーガーは一年生に負けてしまった。

現在の戦績は〇対一だ。

一年生規則第三条
ワーガーの命令には厳密に従うこと

「君の名前とコードナンバーは？」

「プ……プレーパイリン、０７４４です」

大きな声で叫ばれ、びっくりして飛び上がった女子学生は、声を震わせながら問いかけに答えた。その丸くて大きな瞳には涙が滲《にじ》んでいる。あまりにかわいそうな弱々しい姿は、守ってあげたくなるほどだった。

（……なんてことだ）

アーティットのような心優しい人間が、どうして可愛い女子学生の涙に動じないでいられるというのか。彼は声のトーンを少し和らげつつ、それでもまだヘッドワーガーらしい引き締まった表情を緩めることなく問いかけた。

「それで、俺に何か力を貸してほしいのかな？」

「あの……はい、私……先輩のサインが欲しいのですが……ここに書いていただけますか」

プレーパイリンは小さなノートを開いて差し出した。ノートに並ぶたくさんのサインとコードナンバーは、一年生たちに与えられた〝先輩たちのサインを集める〟という任務によるもので、千人分のノルマが課せられている。これは学部における義務的な活動の一つで、避けては通れないものだった。

そしてもちろん、産業工学科の三年生であるアーティットは、一年生が是非サインをもらいたいと願う人物のはずだ。特に今日、彼は工学部生であることが一目でわかる赤いワークショップシャツを着ている。彼が昼食をとろうと食堂を歩けば、たちまち新入生たちの目当ての人となって然《しか》るべきなのだ。

とはいっても、実際に彼のサインをもらいに来る後輩なんて滅多にいない。なぜなら彼は、友人たちと座っているだけで少年院から出てきたばかりのような迫力があったからだ。

しかし今日は、勇敢な後輩が死を恐れずに虎《とら》の洞窟《どうくつ》に入り、サインを求めてきた。おまけに、色白で小柄なアーティット好みの可愛い女の子だ。これは特別扱いすべきだろう、と彼は一年生からノートとペンを受け取ることに決めつつ、条件を出すことは忘れなかった。

「でもサインをする前に、まずは俺の頼みを聞いてくれないとな」

（……工学部の先輩たちからサインをもらうのが簡単だと思うなよ！）

何かを得るには、適度に困難な試練をクリアする必要がある。それを以《も》って、後輩たちに簡単に手に入るものなど何もないということを教えているのだ。レアアイテムであるヘッドワーガークラスのサインが欲しいのなら、それなりの頑張りが必要である。

そして、先輩が出す交換条件は、ちょっとした冗談で済むことからとんでもない無理難題までさまざまだ。プレーパイリンの顔から血の気が引き、声が震えてしまうのも不思議ではない。

「な……なんですか？」

まるでこれから誘拐され、森の奥深くで殺害されるのを恐れているかのように彼女はひどく怯えた様子だった。

（……おいおい、後輩よ。アーティット先輩はそこまで極悪非道じゃないぞ）

彼は思いやりのある善良な人間で、子供や綺麗な女の子には特に寛大だ。プレーパイリンならば、サインと引き換えに与える条件はこんなものでいいだろう……。

「大きな声で三回、超カッコいいアーティット先輩に愛を叫ぶんだ」

条件を伝えると、彼と同じテーブルに座る友人たちは大きな声で揶揄《からか》い出した。一方、プレーパイリンの怯えきっていた顔は、完全に硬直してしまう。

（……なんだよ、何見てんだ？　告白するなんて一番軽い条件だろ。美人限定の特例だってのに、そんな顔をするなら〝頬にキス《ホームケーム》〟に変えるからな！）

「早くしてくれないか、俺は腹が減ってるんだ。食事中だってのに苛つかせないでくれ」

脅し交じりの催促は、フリーズした相手の意識を呼び戻すのにちょうど良い。だが、アーティットは彼女が何かに戸惑っていることに気がついた。そう、ここが学校の食堂だということを忘れてはいけない。お昼の食堂には各学部からたくさんの学生が集まっており、その数は千人にも及ぶ。こんなところで大きな声を上げれば、瞬く間に注目の的となるだろう。

だが、彼女の潤んだ瞳がアーティットの荒々しい視線とぶつかった時、催促するようなその威圧的な眼差しに、彼女は必然的に命令に従わざるを得なくなった。

「私は超カッコいいアーティット先輩が好きです！　私は超カッコいいアーティット先輩が好きです！　私は超カッコいいアーティット先輩が好きです！」

「ひゅ〜〜〜！」

テーブル全体から上がった冷やかしの歓声は、まるでこの状況を盛り上げるための効果音のようだった。こんな可愛い女の子から告白されたのだから無理もない。残忍なヘッドワーガーは誇らしげな笑みが溢《あふ》れそうになるのを堪え、至って真面目な顔を作ると紳士的にこう返した。

「告白してくれてありがとう。君の愛に応《こた》えるために、電話番号を教えてくれないか。連絡するよ」

格好よく見せているが実際には、ただ後輩の電話番号をうまいこと聞き出したかっただけだ。

（……いやいや、こんなに可愛い子を放っておくなんてバカだろ。繋がっとかなきゃもったいない）

それに、こんなに大胆な告白をした後輩に、モテ男であるアーティットがチャンスを与えるのは当たり前だろう。

そして罠《わな》にはまったプレーパイリンは、当然彼の言いなりになるしかない。

後輩の電話番号を手に入れたアーティットは、丁寧にサインをして――最後にカッコよくウインクすることも忘れずに――ノートを返した。顔を真っ赤にしたプレーパイリンは、一緒にいた女子学生に連れられ、ヘッドワーガーを揶揄い続けるテーブルを残して急いでその場をあとにする。

「アーティット、お前って本っ当に悪いやつだな！　こんなやり方で後輩の電話番号までゲットして」

「は？　当然だろ、俺のナンパスキルは神レベルだからな」

プレイボーイは謙虚さのかけらもなく言ってのけた。これは他のやつにはない特別な才能で、真似できるもんじゃないんだよ、とでもアピールするように。

「なぁ、あそこにいる後輩にはグッとこないのか？」

同じテーブルに座る友人たちが後ろの方を指差すと、その言葉を真に受けたアーティットはすぐに振り返って〝グッとくるような〟後輩を探す。

（……そういうことか……グッときましたとも。グッとくるってよりは、グーで殴りたいけどな！）

なぜなら、ある学生が新入生の集団を連れて歩いてくるのが見えたからだ。それはこれまで二度も口答えをして、彼の顔に泥を塗った天敵も同様の男だった。そのせいでワーガー皆からネタにされた彼は、胸の奥に深い恨みを抱き、いつかこいつに借りを返してやろうと企《くわだ》てていたのだ。

（こいつ……このクソガキに！）

「0062、コングポップ！」

突然名前を呼ばれた学生はとっさに足を止め、声がした方向を探して振り返った。新入生の集団はワーガーたちを見つけるや否や急いで手を合わせ、特にヘッドワーガーに対して敬意を込めて挨拶《あいさつ》をする。アーティットは文句でもあるかのようにきつく睨みつけながら、短く尋ねた。

「俺のサインはまだないよな？」

「まだです」

「お前のノートを寄越せ、ちょっと見せてみろ」

「はい」

コングポップは指示通り素直にリュックを開けると、ヘッドワーガーにサイン帳を手渡した。

（……わ～お……ずいぶんたくさん集めてるじゃないか。侮《あなど》れないな、ざっと数えただけで五百から六百はあるぞ……。えっ！　ちょっと待て、いくつか妙なサインがある……なんでコードナンバーと名前のあとに十桁の数字があるんだよ……おい！　これ電話番号じゃないか！）

しかも電話番号は一つだけでなく、たくさん書かれている。さらにはその隣にメッセージが添えられているものまであった。

『恋人はいません。寂しい時は二十四時間いつでも連絡してね！　ちゅっ』

（はぁ……そうだよな、お前イケメンだもんな）

顔がいいから女の子が簡単に連絡先を渡してくるのだ。それを手に入れるためにあの手この手を使わなければならないうえに、喜んで応じてくれることなんてほとんどない自分とは違って。

（おいおい……また韓国ドラマの主人公気取りか？　見てるだけでクッソムカつくな！）

アーティットは思わずノートを破ってクシャクシャにしてやりたくなったが、ここは堪えなければならない。今はたくさんの学生が集まる公共の場所にいるのだ。彼はふーっと静かに息を吐き、姿勢を正して自分を落ち着かせた。頭の中でいくつかのプランをまとめてから、滑らかな口調で話しはじめる。

「ずいぶんたくさんのサインを集めてるな。じゃあ、俺の頼みを聞いてくれるか？」

「はい」

「カオ・ムーデーン〔タイ風チャーシュー丼〕屋の前にある空きテーブルが見えるな？」

アーティットは五つほど離れたちょうど食堂の中央にあるテーブルを指差した。コングポップはうなずきながら答える。

「見えます」

「あそこの椅子の上に立って、それから大声で三回こう言うんだ……」

中途半端に止められた言葉が宙に浮く。アーティットは何かを企《たくら》んでいるかのようにニヤリと笑うと、処刑の言葉を口にした。

「〝僕は男に掘られるのが好きです〟と」

言い終えると、アーティットは彼がさっき告白をさせた女子学生と違わず唖然《あぜん》とした表情を浮かべていることに気がついた。むしろ彼女よりも酷く見える。なぜなら命じられた言葉は、男としての尊厳に恥辱《ちじょく》を与えるものだったからだ。だが、アーティットはこれだけではまだ足りず、さらに相手のプライドを踏みにじった。

「待てよ、まだ終わっていない。それから十人の男子に大きな声で聞くんだ。〝僕を抱いてみませんか？〟って。そうしたらこのノートを返してやる」

命じた張本人は、サイン帳をまるで人質のように前後に振って見せた。相手は一言も発さずにこちらを見ている。アーティットは、目の前にいるやつの心境をよくわかっていた。きっと、爆発しそうなほど苛立っているはずだ。しかし、彼にできることなど何もない。なぜならワーガーの命令は絶対であり、どんなことにも無条件で従わなければならないのだから。

それでも、コングポップはじっと立ったまま、ワーガーが気を急《せ》いて口を開かなければならなくなるまで動かなかった。

「なんで無言なんだ？　命令通りやれよ、それともビビってるのか？」

アーティットは相手の挑戦的な鋭い目を見て、小馬鹿にしたような笑みを浮かべた。すると、コングポップは突然覚悟を決めたように、カオ・ムーデーン屋の前の空きテーブルまでまっすぐに歩いていき、椅子に上ると食堂中に響き渡る大声で叫んだ。

「僕は男に掘られるのが好きです！　僕は男に掘られるのが好きです！　僕は男に掘られるのが好きです！」

その場にいた全員が唖然として、晒し者のように立つ彼へ視線を向ける。そして、その宣言が終わると聴衆はより大きな衝撃を受けた。イケメンは椅子から下りたあと、店に並んでいる男子学生に尋ねてまわったのだ。

「僕を抱いてみませんか?」

声をかけられた男子学生も……食堂中の全ての人間も驚愕していた。ただ一人、満足げな笑みを湛える者を除いて。

(ふん、どうだクソガキめ。モテたいんだもんな、よかったじゃないか)

だからアーティットは彼に宣言させたのだ。〝後ろでするのが好き〟だと。これで女子学生たちは、このイケメンとは付き合えないとわかったはずだ。

——なぜなら彼はゲイ、しかも〝受け側〟で、尻に挿《い》れられるのが好きなのだから。

アーティットは、以前彼が〝先輩を僕の妻にする〟と口にしたことを忘れていなかった。寒い口説き文句を使ってわざと苛つかせてきたことを。今回、自分自身に返ってきたことで、晒し者にされる屈辱がどんなものなのか少しはわかっただろう。

(……ざまあみろ、コングポップ!)

アーティットは、他の学生に「僕を抱いてみませんか」と声をかける一年生を眺める。全て終わると、彼はアーティットのもとにまっすぐ戻ってきた。食堂にまだ残っている人は、時折興味深そうに彼らを目で追っている。

「終わりました」

「ああ、声も大きくてよかった。お前のノートを返すよ」

ノートを相手に投げて返し、アーティットは仲間たちと席を立った。食器を店に片付け、午後の授業のために食堂を去ろうとする。しかし、ノートを取り戻したばかりの彼が急いで追いかけてきた。

「待ってください。先輩のサインがありません」

コングポップはノートを差し出したが、アーティットはそれを受け取らず、眉を上げて短く尋ねる。その問いかけは彼の心を深く切りつける言葉だった。

「俺がいつサインすると言ったんだ？」

……コングポップが今しがた実行した命令も痛みを伴うものだったが、この言葉を聞いた時のダメージはより大きかった。

なぜなら彼自身、会話を思い返し、ちょうど気がついたところだったからだ。ヘッドワーガーの言葉には、引き換えにサインをすることへの同意などなかったという事実に。コングポップが行ったことは全て、自ら命令を受け入れて従ったにすぎなかった。無意識のうちに、置かれていた罠の上をうっかり歩き見事にハマってしまったのだ。

「そうだ……でも一つだけ、俺が手伝ってやれることがある」

アーティットからの優しい言葉に、コングポップは顔を上げる。だが次の瞬間、ネクタイを引くために伸ばされた彼の手に驚く間もなく、二人だけに聞こえるように囁《ささや》かれた言葉が心の中に鳴り響いた……。

「俺がお前を抱いてやるよ」

ネクタイが離される。と同時に、ヘッドワーガーは満足げな様子を隠すことなくほくそ笑んだ。そして、勝者らしく嘲笑《あざわら》いながら踵《きびす》を返し、その場に立ち尽くしている敗者にはもう用はないとばかりに、彼を一人取り残して食堂をあとにした。

〝ギア〟を賭けた第二回戦。ワーガーと一年生は……互角の戦いを見せている。

現在の戦績は一対一だ。

一年生規則第四条
ワーガーの警告を絶対に忘れるな

「ネームタグはどうした？」

他の学生にとって、これはきっとごく簡単な質問だ。だが、工学部の講堂の真ん中に立たされている一年生にとっては、この質問は死刑宣告も同然だった。さらに、ヘッドワーガーのアーティットに厳しい表情で睨みつけられると、その鋭い目つきで相手はより追い詰められる。全てを見通すかのような彼の目に、最終的には怯えながら本当のことを話すしかないのだった。

「わ……忘れました」

いい加減な言葉を返されたアーティットは、はぁーっと大きなため息をつく――諦めからではなく、いつもいつも同じ話をしなければならないことが我慢の限界だったのだ。

「君はネームタグをアクセサリーか何かだとでも思っているんじゃないだろうな？　ネームタグがどれほど重要かわかっているか？　あれは同級生や先輩に、君が何者なのかを伝えるためのものだ。だが、君は持ってこなかった。つまり君は皆に自分を知ってほしくはないということだよな！」

叱り飛ばされた学生はビクッと飛び上がった。急いで首を振り、閊《つか》えながら否定する。

「ち、違います……」

言い訳の言葉はなんの意味もなさない。アーティットは何かを思案するかのように目を細めると、勝手に結論を出した。

「違うというのは……同級生全員が君のことをすでによく知っているという意味か。ネームタグをつける必要もないほどに！　それなら彼らが本当に君のことを知っているかどうか、証明して見せてくれ。……全員顔を上げろ、彼の名前を知っているか！」

最後の一言でヘッドワーガーは並んで座る一年生へと振り返り、声を張り上げて尋ねた。しかし口を開こうとする者はおらず、全員が黙り込む。おそらく彼の名前を知らなかったのではなく、ワーガーの権威に恐れをなして、口を挟む勇気が持てなかったのだろう。

結局のところ、ミスを犯した者は罰せられるしかないのだ。そこに自ら首を突っ込むなんて、タダでワーガーに命を差し出すことに等しい。いったい誰がこんな不幸に挑みたがるというのか。

「誰も彼のことを知らないのか！　彼に友達はいないいんだな！」

ひどく馬鹿にした口調は、責められた者の立場を失くす。ネームタグを忘れた彼は重圧をかけられ、男でありながら泣き出したいくらいだった。ワーガーから最悪な罰を受ける覚悟をして、涙を滲ませ頭を垂れる。

すると、アーティットが口を開くよりも前に、大きな声が割って入った。

「彼の名前はエムです！」

水を差されたヘッドワーガーは、すぐさま顔を向け大声で問いかける。

「誰が答えた！」

「僕です」

声の主は相手によく見えるように、手を挙げてから立ち上がった。

アーティットは口を挟んできたやつが誰なのかを知ると、たちまち目を大きく開いた。

（……またやってきたか、友達を守るスーパーヒーロー。だが、ワーガーにとっては目の敵も同然の存在——0062、コングポップ！）

何度も相対しているからといって、彼が悪びれるなど期待してはいない。それどころか、その方が逆にやりがいがあるとすら感じはじめていた。獲物が自らやってきたのだ、相手をしてやらなければ彼の気持ちを無下にしてしまうだろう。そこでアーティットは新たな獲物に狙《ねら》いを定めると、こう尋ねた。

「君は彼を知っているんだな？」

「知ってます」

自信のあるはっきりとした返事は、理由もなくワーガーを苛立たせる。

（——大口を叩いていればいいさ、本当によく知っているかどうか確かめてやるよ！）

「身分証を出すんだ」

命じられたエムは狼狽《うろた》え、慌《あわ》てて取り出した財布から身分証を手に取った。ヘッドワーガーは受け取ったカードを一瞥《いちべつ》し、ニヤリと挑発的な笑みを浮かべると、質問攻めゲームで相手の始末に取り掛かる。

「彼の正式な名前はなんだ?」

「カターウットです」

「名字は?」

「ハタイプラサートです」

「誕生日は?」

「二五三八年〔西暦一九九五年〕十二月十二日です」

(——ちくしょう、住民票でも食ったのかよ!)

アーティットは怒りのあまり喚《わめ》き散らしたくなった。

(たくさん質問したのに、きっちり答えやがって。どうやったらそんなことができるんだ!

……あぁ、もしかすると元々知り合いだったのかもしれない。それならこのクソガキが全ての質問に完璧に答えられると自信満々に立ち向かってきてもおかしくはない——ふん、だがこんなに簡単に逃がしてやると思うか? 反撃してこそのアーティットだ!)

「座っていいぞ。君の友達は君のことをよく知っているみたいだな。だが、君以外の同級生のことも知っているかどうか確かめたい」

生き延びたからといって、エムは安堵のため息をつくことはできなかった。なぜなら、次に攻撃されるのは自分を助けた親友だとよくわかっていたからだ。しかも、この友人は初日の活動でワーガーに口答えしたとして罰せられ、それ以来目を付けられている。彼は親友が他の学生よりも厳しい罰を受けるのではないかと心配せずにはいられない。

そしてその懸念は、ヘッドワーガーの声と共に現実となった。

「全員ネームタグを裏返しにしろ！」

差し当たって理由がわからなくとも、ワーガーによる指示は絶対で、必然的に従うしかない。そして、全員がネームタグを裏返しにし終えると、アーティットは大声で次の指示を下した。

「コード0023、立て！」

コードナンバーの持ち主はすぐに立ち上がった。それは可愛らしい顔をした小柄な女子学生で、シャツの裾《すそ》を両手でぎゅっと握りしめている。その仕草は恐怖をありありと物語っていた。

（君が怯える必要なんてないんだよ……俺が攻撃するつもりなのは他の誰でもない——あの知ったかぶり野郎なんだから）

アーティットはコングポップからそう遠くない位置に立つ女子学生のもとへ歩いていく。そして、向きを変え、自分をまっすぐに見つめる彼の目を睨み返しながらこう問いかけた。

「さあ答えろ、彼女の名前はなんだ？」

コングポップは不意に強く殴られたかのように言葉を失ったが、すぐに相手の目論見を理解した。しかし、彼には抗議する権利などない。残された選択肢は、ただゲームに参加する腹を固めることだけだった。

背の高いその一年生は深呼吸すると、答えを述べる。

「マプランです」

その声は最初ほど落ち着いたものではなかったが、それでもアーティットが答え合わせを急ぐほどにはきっぱりとした物言いだった。

「ネームタグを見せろ」

女子学生が裏返して見せたネームタグには、〝マプラン〟とはっきりと書かれており、コングポップの答えと完全に一致している。

（――あぁ、命拾いしたようだな。だが、これで終わりだと思うなよ）

「コード0038！」

次は左側の列にいたぽっちゃりとした男子学生が立ち上がった。

アーティットはまた同じ質問を投げかけながら、遠く離れた彼のもとまで足早に歩いていく。

「この友達の名前は？」

「オークです」

アーティットは名前の主が正解を答えるのを待たず、手を伸ばしてネームタグを裏返した。そして、書かれた文字を見て苛立ちを増大させるのだった。

（おい！　全員分答えられるっていうのか？　産業工学科の新入生は二百人以上いるんだぞ。超

人気者でもない限り、全員の名前を知る方法なんてないはずだ、きっとボロが出るに違いない）

「コード０１５１！」

眼鏡をかけて髪を括った大人しそうな女子学生が、指示に従い静かに腰を上げる。彼女はコングポップが自分の名前を口にするのを待っていたが、返ってきたのは……沈黙だけだった。

（——これだ！　ついに弱点を見つけてやった）

「なぜ答えない？　彼女の名前はなんだ！」

彼の戸惑った表情を目にして、アーティットは感情を隠そうともせずに語気を強めて再び尋ねる。

（ふん、やっぱり全員は知らないじゃないか。それでよく俺の前で生意気な口を利《き》けたな。今度は俺が思い知らせてやる番だ。だが罰は命じない。ランニング、スクワット、ぐるぐるバット、こんなものでは簡単すぎる。大口ばかり叩くこの命知らずには、もっといいやり方がある）

「ネームタグを渡せ」

アーティットは立ったままの女子学生のもとにネームタグを取りに行った。友人が自分の名前を思い出せなかったのだ、ひどく落胆していることだろう。しかも彼女はネームタグを、この後一年生たちの衆目《しゅうもく》に晒すであろうワーガーに手渡さなければならないのだ。

「私は伝えたはずだ。ネームタグを与えるのは、君たちにお互いを仲間として気にかけてほしいからだと。だが、名前さえも覚えていないのなら、これになんの意味がある？」

アーティットはそこまで話すと、オレンジ色の厚紙で作られたネームタグを手に取った。そして、全員によく見えるように両手で掲げ、激しく声を張り上げる。

「価値を理解できない君たちに、こんなもの必要ないよな！」

オレンジ色の厚紙はびりびりと細かく破かれた。講堂にいる誰もが驚愕し、信じがたいその行為に全ての視線が釘付《くぎづ》けになる。立ち尽くしたコングポップは、彼が名前を答えられなかった同級生のネームタグを見つめた。それは徐々に紙切れとなり、床の上に落ちていく……一枚……また一枚と……。

「……覚えておけ。これは君たちの無関心が招いた結果だ」

アーティットは無情にも最後の紙切れを投げ捨てると、自分の定位置に戻り、総括を述べた。

「今日はここまでとする。明日は全員がネームタグをつけてくるように。ただ、同級生が自分のことをよく知っていると思うのなら、もう持ってくる必要はない！　わかったか！」

「わかりました！」

一斉に上がった声にうなずいたアーティットは、自分のワーガーチームを率いて列から離れると、レクリエーション班の二年生に新入生たちのメンタルケアを任せた。彼自身、やりすぎたことを自覚していたからだ。しかし、これはワーガーとしての義務であり、見せしめをすることもやむを得ない。何百人もの学生を管理し秩序を保つためには、主として恐怖やプレッシャーに頼る必要がある。

したがって、たとえどれだけ無情で凶悪なワーガーだと見なされても、彼はそうであり続けなければならないのだ。後輩が彼に敬意を払わず、逆らったり口答えしてきたりすることが二度とないように。

そして、アーティットがやったことはかなりの効果があったようだ。標的にされた当の後輩は、未だ岩のように立ち尽くしている。自分が原因で同級生がネームタグを失ったことに罪悪感を覚え、どうすればいいのかわからないようだった。

（……これが立場を弁《わきま》えず先輩に楯突《たてつ》いてきたことの報いだ。もう一人の犠牲者を巻き込むことで、こいつを最大限に苦しめ、痛め付けられただろう！）

アーティットは講堂の傍から、その場に立ち尽くすコングポップを嘲《あざけ》るように見ていた。すると突然、彼は周りに構うことなく列を抜け、ネームタグを破かれた女子学生のもとへまっすぐ向かっていった。彼女はうつむいて涙を拭いていて、コングポップは床に散らばったネームタグを拾い集めると、泣いている女子学生を見上げ声をかけた。

「……ごめんね。君の名前を教えてもらえる？」

彼女は少し驚いていたが、泣きじゃくりながら言葉を返す。

「……わ、わたしは……メ、メイ」

コングポップはわかった、とうなずくと、アーティットが考えもしなかった行動に出た――自分の首から提げたネームタグを外し、取り出したペンでタグの裏側に何かを書きはじめたのだ。

そして、書き終わると微笑みながら彼女に差し出した。

「ん……これあげるよ」

ネームタグの裏には、〝メイ〟とコードナンバーの〝0151〟がはっきりと書かれている。

受け取った彼女は感激のあまり言葉を失った。アーティットも同じく言葉を失ったが、その衝撃は彼女とは対照的な怒りに満ちたものだ。それは次第に高まり、彼の身体をも震わせる。

(……なんてやつだ……なんで、こんなことができる!)

アーティットはすぐさま二人のもとへ向かうと、手を伸ばし立っている背の高い後輩を振り向かせ、怒鳴り声を上げた。

「何をしている! コングポップ!」

その口調も瞳も、生き餌を食らう肉食獣のように荒々しい。そのためコングポップは相手がどれほど怒っているかを感じ取っていた。だが、それでも落ち着いてきちんと返事をすることを彼は選んだ。

「彼女にネームタグをあげただけです」

「どうしてあげるんだ! 誰がこんなことをしろと言った!」

「誰にも言われていません。でも、彼女の名前を覚えていなかった僕が悪いんです。僕に責任があります」

その説明はアーティットを黙らせた。コングポップの鋭い目をまっすぐに見つめる。

……それは挑戦的なものではなく、心を決めた者の揺るぎない意志だけを映していた。

アーティットは怒りを鎮め、真剣な口調で言った。

「わかってるのか？　彼女にネームタグを渡したら、お前のはもうなくなるんだぞ」

「わかってます」

ルールを理解したうえで、それでもこの道を選んだのだ。それは、罰を受けるリスクも受け入れているということだろう。ヘッドワーガーとして、彼はコングポップのしたいようにさせることにした。

「ネームタグがなければ、規則に違反することになる。今日からお前が他の同級生たちと一緒に訓練に参加することは許可できない。一人で端に立っていろ。そして、誰かが罰を受ける時には、その学生と一緒に二倍の罰を受けるんだ。わかったな？」

「わかりました！」

アーティットは彼に背を向けると、今回は後輩たちが待機しているところではなく、まっすぐに講堂の外へ出ていった。

……彼自身、自分がどうして外に出たのかわからなかった。重い罰を与えたことも自分が下した命令も、全てワーガーの規則に基づくものだったが、ただ講堂にいることが耐えられなかったのだ。

そしてアーティットは、自らが敗者になりかけていることを感じていた。

同級生を助けようとする彼の真剣な姿勢に、自分が負けそうなことを。

そのうえ、アーティットは気づいた。コングポップの気に入らないところが、蹴っ飛ばしたくなるような煩わしさだけではないことに。

……彼は、コングポップの迷いのない眼差しが気に入らなかった。

一年生規則第五条
ワーガーの役割を理解しなさい

「団結するということを教えられた経験はないのか？」

ありますす……。

そう答えるしかないだろう。

大学生にもなって、誰がこんな簡単な言葉を知らないというのか。だが、十六時にグラウンドの真ん中で後輩を指導しているヘッドワーガーの目には、彼ら〝一年生〟の能力は、これまでの素晴らしい行動により〝小学一年生〟にも劣るレベルに見えたようだ。

「全員揃ったことが一度もない、整列するのも遅い、罰を与えても改善が見られない！　君たちは〝団結する〟とはどういうことなのか本当に知っているのか？　それとも気にかけたことがないのか？」

新入生たちに怒号が降りかかる。この日彼らは工学部のシャツとジャージを身につけていた。それは皮肉にも、これからどんな酷い目に遭わされるのか、自らの運命を見越しているかのようだ。

そして、その考えは間違っていなかった。ヘッドワーガーはすでに罰の用意をしていたのだ。

「まあいい。忘れたならもう一度教えてやる。先に言っておくが、私の教えを受ける時は注意しておくように。もし自分にはできないと思ったり、体調のすぐれない者がいたりするなら、ここから出ていけ！」

ラップノーンでは、病気の人や身体が弱い人を隔離しておくのが一般的だ。軍事訓練とそう変わらないとてつもなく過酷なワーガーの訓練によって、怪我をさせないためである。それ故、多くの一年生が罰を回避するためにリタイアを申し出たいと考えていた。

――ヘッドワーガーの次の言葉を聞くまでは。

「だが……出ていくのなら忘れるなよ、ここにいる同級生が君たちの分まで団結を学ぶことになると！」

……こんな方法で逃げ道を塞《ふさ》がれて、誰が出ていけるだろうか。

もし逃げて休む選択をしたら、それは同級生たちに自分の身代わりとして不幸を背負わせることと同じなのだ。そんな身勝手な振る舞いができる者など誰一人いなかった。

アーティットは整然としたままの列を見渡し、出ていきたいと手が挙がる気配がないことを確認すると、満足げに彼らを褒めた。

「よし！　やっと団結しはじめたようだな、その精神は褒めてやる。だが、これだけではまだ足りない！　後ろを向け、グラウンドの反対側にいる私の同級生が見えるか？　……あそこまで走って、三分以内に整列しろ。遅かったらオーバーした秒数分の罰を与える。わかったか！」

「わかりました！」

力強く声の揃った返事とは裏腹に、新入生たちの顔色は青ざめていく。なぜなら、グラウンドはサッカー場と同じくらいの広さがあるからだ。そして、ワーガーたちはそのグラウンドの端に立っている――ゴールからゴールまでと同じくらい、はるかに遠い距離だ。これだけの距離があるにもかかわらず、設定された時間はたった三分。

いったいどうやったら間に合わせることができるのかと抗議の声を上げたかったが、ヘッドワーガーに情け容赦などあるわけがない。代わりに彼が叫んだのは催促だった。

「おい、わかったなら早く行け！　何を突っ立ってるんだ、カウントはもう始まってるぞ、さっさと行け‼」

命令が終わると、棒で巣を突かれて慌てて飛び出す蜂のように全員が走り出した。三分以内に整列しようと一目散にグラウンドの反対側へ向かったが、その距離はあまりにも遠く、間に合わせる方法など到底思いつかない。結局、罰として百回のスクワットを命じられ、再びグラウンドの端まで走っては整列するのを、列が整うまで交互に繰り返し続けた。

そして、周囲を歩いて列を確認し続けるのがアーティットの役目だった。

これだけたくさん走っていれば、だんだんと疲れが出てくるものだ。何人かは顔が白くなりはじめ、汗だくになり、息が上がっている。それでもアーティットに鋭い目で睨まれれば、規律通り垂直に、平気なふりをして立っていなければならなかった――最後列にいる女子学生を除いては。彼女はアーティットに睨まれてもうつむいたまま、苦しそうに肩で息をしていた。

（おい……ちょっと待てよ、息遣いがおかしいな……呼吸が早すぎないか？　もしかして……）

その理由を考えつく前に女子学生の身体が崩れ落ちる。幸い様子を見ていたアーティットが慌てて駆け寄り身体を支えたことで、彼女は頭を地面に打ちつけずに済んだ。しかし、不幸にもそれはグラウンドの反対側で並び直している時に起きたため、救護班からはその様子が見えず、彼はグラウンド全体を横切るほどの大声で呼ぶしかなかった。

「救護班！　救護班はどこだ！　早く来てくれ！」

アーティットの声は一年生たちを驚かせ、皆振り返りはじめたが、他のワーガーたちに注意されてしまう。

「見なくていい！　誰が振り返っていいと言った！　前を向いていろ！」

大声の毅然とした命令は、ショックを受けた後輩たちの混乱を鎮めるためだ。全員がまっすぐ前の方を見つめてはいたが、内心では背後で何が起きているのか知りたいと思わずにはいられなかった。

だが、この時コングポップは列の後ろに立っていた。ネームタグを持っていないことへの罰で、一人だけ列から外されていたからだ。彼は起きた全てのことを、はっきりと目の当たりにしていた。三人の救護班の先輩が症状を確認するために駆けつけた時、女子学生を支えていたアーティットは素早く容態を伝えた。

「彼女は過呼吸だ、横にさせないように。ゆっくり呼吸させるために口と鼻を覆うものを持ってきてくれ。回復しないようならすぐに医務室へ連れていこう」

彼の的確でわかりやすい指示のおかげで、救護班は素早く対応することができた。コングポップは救護班が指示にうなずき、患者を抱えてグラウンドを離れる様子を目で追った。残されたヘッドワーガーはその状況を安心できるまで見届けると、身を翻《ひるがえ》して列の前にまっすぐ歩いていき、再び真剣な口調で語りはじめる。

「私は言ったはずだ、体力に自信のない者は出ていけと。君たちに万が一の事態が起こっても、責任を負うことはできないんだ。次にまた同じようなことが起きたら、私は放っておく。そして残された同級生たちは当然その者に代わって罰を受けることになる」

その脅しの利いた警告は、先ほど与えられたものと同様に同級生を罰するというものだった。ただ、今回は彼らがすでに一時間近く走り続けているという点だけが違う。体力の限界を感じながら必死に続けている者もいる中、二十人以上が命の安全のためにリタイアすることを求めて手を挙げ、そのほとんどは女子学生だった。

ワーガーに許可を得たのちに残った学生は、太陽が沈み、空が暗くなりはじめるまで走り続けた。そしてついに、新入生たちが長い間待ち望んでいた言葉が聞こえた。

「よし……今日はここまでだ。団結するということがよりわかっただろう、もう忘れるなよ。また忘れるようなら、初めから教え直してやる！　解散！」

「ありがとうございました！」

慣習に基づいて感謝の言葉を告げると、一年生たちは足を引きずりながらよろよろと帰っていく。それはもはや電池の切れたロボットとなんら変わりない状態だった。特にコングポップは誰よりも悲惨である。ネームタグをつけていないという規則違反のせいで、彼は皆の二倍の罰を受けていた。スクワットをした回数も他の学生の二倍で、スクワットを終えるたびに急いで走って皆に追いつき、整列を繰り返していたのだから。

今の彼はシャツの背中全体が汗でびっしょりと濡れていて、水に落ちたかのような有様だ。昼食から摂取したエネルギーは完全に消化済みで、空腹でお腹が鳴っている。できるだけ早くシャワーを浴びて、何か口にしたいと心から求めていた。

だが、まだグラウンドから出ることはできなかった。そう遠くないところに、親友が一人、足を引きずって歩いているのが見えたのだ。すぐに方向を変え、心配そうに声をかけながら相手の方へ向かっていく。

「エム、どうかした？　足が痛いのか？」

「ああ……挫《くじ》いたみたいだ」

高校時代からの親友は顔色があまりよくなかった。その様子を見るからに、かなりの痛みなのだろう。それもそのはず、何度も走ることを命じられては、スクワットをさせられ続けていたのだ。少し姿勢を間違えれば、こういった症状が現れてしまう。

「救護班に診《み》てもらおう。そのままだと悪化するだろ」

コングポップの提案に、エムもうなずいて同意を見せ、彼は友人の身体を支えながらグラウンドをあとにした。

——実のところ、彼自身も足を少し痛めていた。救護班から軟膏《なんこう》をもらい、様子を見るつもりだ。

グラウンドの隅には大きな机があり、そこは救護班とレクリエーション班の先輩たちで溢れていた。そのほとんどは二年生だが、何人かの三年生が後輩たちの作業を指示するためにまだ残っている。彼らが助けを求めた笑顔の可愛らしい女の先輩もその一人だ。エムが口を開き、相手に声をかけた。

「すみません、先輩。足を痛めてしまって」

「あら……あなたの足ね？　とりあえず座って、先輩が診てあげる」

〝ファーン〟と書かれたネームタグを提げたその女性は、素早くやってきてエムのスニーカーを脱がすのを手伝うと、足を上下に動かし、そっと回して痛みの具合を確かめた。

「うん……捻挫《ねんざ》まではいっていないわね。軟膏を塗って二、三日もすればよくなるはず。ただ、今ちょうど切らしているの。友達が買いに行ってるから、少し待っててくれる？」

思いがけない答えに、エムは遠くに立っているコングポップの方を振り返り、意見を仰ぐように視線を送った。結局いつまで待てばいいのかわからないし、二人ともお腹が空《す》いている。症状はそれほど重くないようだから、ここでその薬だけを延々と待つ必要はないだろう。

「じゃあ大丈夫です。あとで僕が買いに行きます。ありがとうございました」

コングポップがそう口を挟むと、それを聞いた先輩は一緒に立っているのが誰なのか、たった今気がついたかのように驚きの声を上げた。

「あっ！　コングポップじゃない、ちょうどよかった。私の友達が、ムーン・コンテストについて話をしたいらしいの。あなたに学科の代表になってもらいたいのよ。ちょっと待てるかしら？それともこのあと用事でもある？」

コングポップは困惑して目を瞬かせた。薬をもらいに来ただけなのに、なぜムーン・コンテストに話題が変わったのだろうか。

正直なところ、学部の活動に参加することは、彼にとっては特に支障を来《きた》すことではない。ただ、切実に支障を来しているのは大きな音でうるさく鳴っている彼のお腹である。そのため彼はこう答えざるを得なかった。

「あの……僕たち食事に行く予定で」

「あら、それなら大丈夫、このお弁当を食べていいわよ。ちょっと待ってて、先に友達に電話するから」

先輩は有無を言わさぬ速さで許可を告げると、顔を上げて机の上に積み重ねられたお弁当箱の方を指し示した。それからすぐに電話を手に取り、目を合わせて困惑しているコングポップとエムを取り残して友達に電話をかける。やがて通話を終えゆっくり振り返った彼女は、ただ呆然と立ちつくしている後輩たちを見て、怪訝《けげん》そうに眉をひそめた。

「あら……どうして食べてないの？」

「僕たちが食べてもいいんですか？」

コングポップは遠慮がちに尋ねた。なぜなら彼は、これは夜遅くまで作業をする先輩たちの英気を養うために用意された食事だということを知っていたからだ。後輩を家に帰らせたあとも彼らは居残り、片付けと明日の準備をしなければならないのだ。

しかし、お弁当を食べる許可を出したファーンは、気にしていないというような口振りだった。

「あぁ、遠慮しなくて大丈夫よ、たくさん注文しているから。ワーガーたちの分もね。彼らはよく食べるから、いつもお代わりするの。一つじゃ全然足りないのね」

説明に出てきた誰かさんたちの呼び名に、エムは無意識のうちに凍りつき、食欲は一気に半減した。その原因はただ一つ……。

「ワーガーの先輩たちのなら、なおさら僕たち食べられないです」

エムの怯えた表情があまりに露骨で、それを見たファーンは笑わずにはいられなかった。

「あははは、何を怖がってるの？　ワーガーたちはそんなに凶暴じゃないわよ！　彼らは義務を果たしているだけだもの、あなたたちが罰せられたこともね。同じことを経験してきたから、今こうやって指導できるのよ。自己満足のために罰しているわけじゃないし、こういった振る舞いをできるように一カ月は訓練をしなければならなかったのよ。感情をコントロールしないといけないし、緊急事態が生じた時には対処しなければならない。後輩たちを危険な目に遭わせないためにね」

コングポップはこれまで知ることのなかった多くの話に静かに聞き入った。おそらくこれらは事実なのだろう。

今日、彼はアーティットが救護班に素早く指示を出す様子を目にした。それは、なんの迷いもなく、差し迫った状況を冷静かつ的確に解決するものだった。

あの人にそんなことができるだなんてコングポップは考えもしなかった。ヘッドワーガーはいつも彼らの前で冷酷で、短気で、乱暴な素振りばかり見せていたからだ。一年生が正しい言動をしていたとしても間違っていると言い、誰の気持ちも考えることなく罰を与える。そのため、誰もが彼に恐れを抱き、果てはその顔すらも嫌って、噂話《うわさばなし》や陰口を叩いていた。

そして先輩たちからすると後輩たちのそういった反応は想定内で、こうなることをよくわかっていた。それでもファーンは経験者として彼らに注意を促した。

「正直、ワーガーたちに腹を立てたり嫌ったりしてほしくないの。彼らは責任を持って、自分の役割を務めているだけだからね。それに、大切なこと……知ってるかしら？　あなたたちを一番気にかけているのは、あのワーガーたちなのよ」

その言葉はコングポップの胸を打ち、心の真ん中に響いた。しかし同時に、今までのことを振り返ると戸惑いを覚える。

（……ワーガーたちが僕らを気にかけているというのは本当なんだろうか？　特にヘッドワーガー――アーティット先輩は、僕を嫌っているとしか思えない。初日に口答えをしすぎてしまったせいで……）

彼は、あの時皆の前でワーガーの尊厳を傷つけるようなことを言ったのは、自分の落ち度であると認めていた。けれど、それは同級生を守るためであって、当時は後々どうなるかなんて考えもしなかったのだ。結果的にヘッドワーガーを怒らせ、さらに厳しい罰を与えられて、彼は無力さにたびたび落胆していた。それに、これまでワーガーたちが彼に情けをかけたことなんて一度もない。

……そんな状況で、ワーガーたちが本当は一年生を気にかけているだなんて、どうやったら信じられるのだろう。感情的な姿だけ示されてきたというのに。

複雑な感情が入り混じって揺れ動く彼の心は、まだはっきりと答えを出すことができなかった。

すると、彼の思考を遮るようにファーンが弁当を手渡してくる。

「ほら、受け取って。ここに座って食べてね。そうだ……蜜柑《みかん》もあるわよ。持ってきてあげるから、皆で分けて食べましょう。私たちだけじゃ食べきれないのよ」

コングポップとエムは手に押し込められた弁当と、それから蜜柑を二つ受け取った。今は断るタイミングではないと考え、大人しく座ってカオ・パッガパオ・カイダーオ（目玉焼き載せガパオライス〕を食べる。弁当一つではお腹いっぱいにはならなかったものの、空腹を多少和らげる助けにはなった。

食べ終わった二人が口直しに蜜柑の皮を剥《む》こうとしていると、後ろから聞こえてきた声に思わず手を止めた。

「ファーン、医務室に運ばれた女子学生はもう帰ったのか？　さっき立ち寄ったけど見当たらなかったんだ。そうだ……頼まれてた軟膏だけど、温感と冷感のどっちを使うのかわからなかったから、両方買ってき――」

突然声がやむ。話しかけた相手の傍らに、他にも人がいることに気がついたのだ。しかも招かれざる客は二人いるうえに、そのうちの一人は彼が最も会いたくない人物だった。

「君たち、ここで何をしてる！」

問い質すアーティットのその声色と姿勢は、瞬時に厳格で恐ろしいヘッドワーガーとしての装いに切り替わった。先ほどまでとは全くの別人だ。叱られた二人は跳び上がり、即座に立ったが、幸いファーンが急いで説明し、誤解を解いてくれた。

「私がコングポップに待つように言ったの。ムーン・コンテストの件で話があるから。彼に代表になってもらおうと思って」

成り行きを聞いたあとでも、アーティットの様子は変わらず、コンテストの代表候補者に向かって蔑《さげす》むような視線を送り非難した。

「なんであいつが代表なんだ！　あいつが出たら俺たちの学部は負けるだろ。見た目はいまいちだし、品行方正とは程遠い。無駄に恥《はじ》をかくだけだ」

　あけすけに馬鹿にした口調にコングポップは顔を引き攣らせたが、それでも言い返すことなどできなかった。相手は年上、しかも好きなだけ罰を命じることのできるヘッドワーガーであるという状況を忘れていなかったからだ。

　反論のできないこの沈黙は、おそらくアーティットの心を存分に満足させたのだろう。彼はこれ以上こいつらに構う気はないとばかりに自分の友達の方へ向き直り、彼女に袋を手渡した。

「頼まれてた薬だよ」

「ありがとね、この子たちがこれを待ってたの！」

　ファーンは袋を受け取り、感謝を込めてそう告げたが、最後の一言にアーティットは硬直した。自分が買いに行ってきた薬が、たった今罵ったやつのためだったことに、思わず目を見開く。

「コングポップもいる？　あなたも足が痛いんじゃないかしら？」

「欲しいです、ありがとうございます」

　コングポップは気遣いを断るわけもなく、すぐに受け取る。そしてヘッドワーガーを一瞥し、その妙な表情に心密かに小さく笑った。きっとアーティットは呪詛《じゅそ》を吐きたいような悶々《もんもん》とした気分だろう。してやられたようなこの状況は、相当悔しいものに違いない。

　しかしアーティットが口を開く間もなく、何者かの甘ったるい裏声が大きく響き、その場の凍りつきそうな空気を打ち破った。

「ファーン～、どこなのよ～？　あなたの学科の代表は！　アタシに見せてちょうだい！」

ファーンの友達の急な登場に、周囲は沈黙する。〝彼女〟が男性の身体と女性の心を持つ先輩だとは思わなかったのだ。コワモテな見た目と、女性よりも女性らしい仕草は彼らの意表を突いた。そして、どの人物が代表候補なのか答えを待つまでもなく、獲物を捕らえるレーダーのような速さでまっすぐターゲットのもとに向かった。口笛を吹き、興奮を隠しきれない様子だ。

「あら大変！　こんなイケメンがいるなんて聞いてないわ！　ダーリン、どこに隠れていたのよ？　こんなにハンサムなら他の学科との選考は必要ないわね、このミニーお姉さんが工学部の代表にしてあげちゃう。グランプリに選ばれるに違いないわ、アタシが保証する！」

困ったように笑うコングポップは、ミニーに身体をひっくり返され、あらゆるサイズを調べられるのもされるがままだった。後ろを向いた時、ふと彼の目にアーティットの退屈そうな表情が映る。彼は弁当を手に取り、まるで彼らが仲良く話す耳障りな声は聞きたくないとでもいうように、反対の方へ歩いていってしまった。

コンテストに関する連絡事項はそれほど多くはなかったが、おしゃべりなミニーはたびたび話を脱線させてはいつまでも話し続けた。辺りがすっかり暗くなり、彼らが座って話していた机にも明かりがつきはじめるのを見て、もう遅い時間であることがわかってからようやく後輩を帰してあげる気になったようだ。

「オーケー、それじゃあ、撮影の日時は改めて連絡するわね！　イケメンくん、アタシが電話したらちゃんと出るのよ」

「ちょっと、電話は用件だけにしてよね。別のことでかけちゃダメよ」

ファーンは同級生に釘を刺すことを忘れなかったが、ミニーは眉をひそめる。

「あら、そんなの当然よ、もちろん必要なことだけしか話さないわ！　声を聞くだけじゃ物足りないもの。いい男を〝感じる〟ためには、直接会わないとね！」

意味深な冗談に、机の周りで賑やかな笑い声が上がる。しかし叱責が聞こえてきて、一瞬にして辺りは静まり返った。

「何を大きな声で笑ってるんだ！　作業してる人のことも考えろよ！」

こんな暴君のような言動をするのは、他の誰でもない、ヘッドワーガーだ。しばらく静かに姿を消していたが、弁当と一緒に爆弾でも食べてきたのだろうか、戻ってからも相変わらず機嫌が悪い。

「ファーン、ノットが呼んでたぞ。それと一年、用事が済んだなら帰れ！」

アーティットは容赦なく言い捨て、楽しく盛り上がっていた場を即座に解散させた。コングポップとエムはすぐに立ち上がり、他に何か罰を与えられる前にその場を去ろうとしたが、すんなりとは逃れられなかった。

「おい！　ちょっと待て！」

背後からの大声に凍りつく。命令通り動きを止めて振り返ると、相手は足早にこちらにやってきて彼らの前で足を止めた。

「手を出せ！」

命令はコングポップに向けられたものだった。理由はわからなかったが、これから別の罰が与えられるのだろうということははっきりと察知できた。きっとヘッドワーガーは木の棒か何かを見つけて、教師が体罰をするように彼の手のひらを叩くつもりなのだろう。

結局、コングポップは酷い罰を受ける覚悟を決めて、両手を差し出すしかなかった。だが、身構えたままどれだけ長く待っていても、痛みを感じることはない。それもそのはず、今、彼の手に触れたのは……。

……四つの蜜柑だったのだから。

「持っていけ！　私の友達がせっかくくれたんだ、もらったものを忘れるな！」

言い終えると、彼はこちらに背を向けて別の弁当を取りに行ってしまい、すぐに姿が見えなくなった。残された二人は思わず顔を見合わせる。コングポップが目の前の状況を理解しようと混乱しながらも思考を巡らせている横で、安堵のため息が聞こえた。

「はぁ……マジでビビった。また罰を受けるのかと思ったよ」

「うん」

コングポップはエムの言葉に簡単に返すも、その目はまだ、手に置かれた四つの蜜柑をじっと見つめていた。この蜜柑は……自分が忘れていったものだ。アーティットは見て見ぬふりをすることもできたはず。それなのに、わざわざ歩いて持ってきてくれたのだ。なぜなのかはわからない。だが彼は突然ある一言を思い出した――。

〝あなたたちを一番気にかけているのは、あのワーガーたちなのよ〟

（……気にかけている人……？）

彼のことを考えるだけで、ヘッドワーガーとして立つ時の鋭い表情、凶悪な目つき、容赦ない言葉が脳裏に浮かんでくる。しかしコングポップはそっと笑みをこぼしてしまった。なぜならその表情も態度も、彼が蜜柑を持ってきてくれた時のそれと、全く一致しなかったからだ。

彼の心は不思議な〝温もり〟を抱き、思わず満面の笑みが広がる。

（あの言葉は本当なのかもしれない……）

自分を最も気にかけている人と、自分に最も意地悪をする人が、同じ人物なのだとしたら。それならもう、打ち負かすことなんてできないだろう。きっと、彼を嫌いにはなれないのだから。

こんな感情を抱いてしまう限り……。

……この悪魔のワーガーは、とても意地悪なのに〝可愛い〟と。

一年生規則第六条
ワーガーが説明した理由を聞き入れること

〝レクリエーション班〟は、一年生たちにとってオアシスのような存在だ。

レクリエーション班の先輩たちの役割は、後輩たちに歌を教え、さまざまなゲームで楽しませるだけでなく、後輩たちの世話をすることでもあった。それはある意味、身の周りのほとんど全てのことを手取り足取り手伝っているようなものである。そのうえ、この班の先輩たちは皆明るくいつも笑顔で、後輩たちが困っていればいつでも快く相談に乗ってくれた。

そのため一年生たちはレクリエーション班ととても仲が良く、彼らを慕い、まるで天使の生まれ変わりかのように思っていた。

もう一つの班とは、文字通り天と地ほどかけ離れている。

……もし〝レクリエーション班の先輩〟を最高位である第七天国の天使だとするなら、〝ワーガー〟は地獄の最下層である地下十八階層の悪魔と言っても過言ではない。

特にこの落差が大きいのは、レクリエーション活動の途中で招かれざるワーガーが押し入り、楽しい雰囲気が中断された時だ。彼ら悪魔は天使たちの領域を突然奪い取り、さらには邪悪な権力を使って、天使と一緒に掛け声《ブーム》の練習をしている後輩たちを脅すのだった。

「やめろ！　もういい！　ずっと聴いていたが、もう耐えられない！」

　ヘッドワーガーのアーティットが足を踏み入れ、その怒号によって掛け声《ブーム》がすぐさま中断された。肩を組んでいた一年生たちは軍事訓練のように姿勢を正し、顔を伏せて、粗探《あらさが》しに睨みを利かせる先輩たちの視線から隠れようとする。

「君たちの掛け声《ブーム》はこんなものか？　声は小さいし、揃ってもいない。誰が君たちに教えたんだ！」

「私たちです」

　レクリエーション班の責任者である、二年生で中国系の男の先輩が決死隊のように手を挙げた。応援歌も、学部の歌も、掛け声《ブーム》でさえも、全て教えることがレクリエーション班の役割なのだ。そしてもちろん、後輩たちがちゃんとできない場合、その全ての責任を負わなければならない。よって非難の矛先はレクリエーション班に向けられ、ヘッドワーガーは厳格な口調で尋ねた。

「それなら見せてみろ！　君たちが後輩たちにどうやって教えたのか！」

　異なる役割を持っているものの、学年としての立場はレクリエーション班もワーガーの後輩であることになんら変わりない。当然命令から逃れることはできず、従わなければならないのだった。

　一年生は後ろに下がり、二年生のために道を空けて周りにそれぞれ座った。二年生の先輩たちは集まり、肩を組んで掛け声《ブーム》を出しはじめる。たった十人あまりしかいないのに、その声は先ほどの一年生たちが出した大声の何倍も気迫があった。後輩たちの中には、彼らの精神力に思いを馳せた者もいたはずだ。

……だが、腕を組んで静かに立って見ているヘッドワーガーの考えは違った。

「これが君たちの掛け声《ブーム》か？　後輩たちができていなかったのもうなずける。指導者がこの程度しかできないいんだからな！」

下されたその評価は、後輩たちとは正反対だった。レクリエーション班による掛け声《ブーム》は一年生によるものよりも格段にレベルが高かったにもかかわらず、だ。しかし、反論を口にする勇気のある者は誰一人としていない。ルールをよくわかっていたからだ。

其の一、ワーガーは常に正しい。

其の二、もし納得がいかないことがあった場合、もう一度〝其の一〟に戻る。

これにより、誰もが罰される運命を強制的に受け入れなければならないのだ。

「掛け声《ブーム》を続けてもらう。本当の掛け声《ブーム》はどうやるのか、一年生たちが理解するまでだ！　始め！」

達成基準が曖昧な命令は、喉が潰《つぶ》れるまで叫べと言われたも同然だ。

それでもレクリエーション班の先輩たちに誰一人として文句を言う者はおらず、再び集まると、互いに肩を組み合い、先ほどよりもいっそう大きく掛け声《ブーム》を叫びはじめる。そして座っている一年生たちは皆、同情的な視線を向けていた。掛け声《ブーム》自体はそれほど長くはないが、もし延々と続けるのなら、普通は声が掠《かす》れ、喉に痛みを持つに違いない。

しかも、掛け声《ブーム》に合わせて足踏みやら、顔を上下に振る動作をしなければならないのだ。たった二、三回この動作を行うだけで、簡単に目眩《めまい》がしてくるだろう。そして、レクリエーション班たちはもう何度も何度もそれを繰り返している。目眩は尋常ではなく、必然的に後輩たちの数倍は疲れているはずだ。一年生のために先輩たちが罰を受け、犠牲になる必要がないのは明らかなのに――。

罪悪感が一年生たちの心に深く襲いかかる。耳を震わせる掛け声《ブーム》は止められる気配もなく、中には哀れみの涙を流す者すらいて、彼らはヘッドワーガーに向かって嘆願の眼差しを送りはじめた。

（だが、悪いな……この俺は、そう易々と許してやるような人間じゃないんだよ）

アーティットが今していることは、レクリエーション班への罰ではない。本当の標的は別で、一年生たちなのだ。心理的圧力をかけるため、後輩たちと仲が良い先輩を犠牲者にしているにすぎない。それは、暴力に頼らなくとも効果が抜群な、間接的な罰だった。

だからこそ、アーティットは無関心を装う必要がある。レクリエーション班の掛け声《ブーム》などまるで鳥のさえずりかのように聴いていた。やめるよう命令する様子は全くなく、掛け声《ブーム》を聴く度に罪悪感が重くなっていくような一年生たちの感覚とは正反対だった。

（……こんなもの、どうやったら聴いていられるっていうんだ）

「許可願います！」

その時、一年生の列から発された声が、アーティットを含む全ての視線を集めた。しかし発言を求めて手を挙げたのが誰なのか見えた時、アーティットは少しの驚きも示さなかった。

（ふっ……いつものお前か。0062、コングポップ！）

「許可する、言ってみろ！」

アーティットは威厳を込めてそう言うと、立ち上がった彼に目を向けた。掛け声《ブーム》は止まることなく響き続けている。

「先輩たちの代わりに僕に掛け声《ブーム》をやらせてください！」

その要求は、アーティットが想定していた通りのものだった。彼は、このクソガキは映画の観すぎなのではないかと思い至っていた。それでいつもヒーローのように振る舞うのが好きなのだと。だが、ヒーローには悪役がつきものだ。そして今こそ、悪役が役割を果たす時なのだ。

「許可しない！　ここにヒーローはいらない！　座ってろ！」

アーティットは容赦なく怒鳴りつけたが、コングポップは諦めずに異義を唱えようと口を開いた。

「でも、僕は――」

「座るか部屋から出ていくか、自分で選べ！」

どちらを選ぶこともできないうえに、コングポップ自身、すでに窮地に立たされている状況だった。ネームタグの規則違反でイエローカードを出されてからというもの、一人だけ別に座らされているからだ。もしレッドカードを出され、退場することになれば、二度と同級生と一緒に活動に参加することは望めなくなる。それは、完全にこの代から失格とされたことを意味する。

結局、コングポップは口を噤《つぐ》むことを余儀なくされ、アーティットは満足げにそれを見た。

（……見てみろ、もうリスクを冒す勇気はないようだな。ふっ……ヒーローごっこが好きなくせに、こんなもんかよ！）

彼はコングポップに背を向け、次第に掠れていくレクリエーション班の掛け声《ブーム》を聴く。そしてもう誰も罰を中断させないことを願ったが、一分も経たずして大声に遮られた。

「許可願います！」

アーティットはすぐさま振り返ると、目を大きく見開いた。信じられないことに、またもや同じ人物が手を挙げているではないか。

（……まだ懲りてないのかよ！）

「許可しない！」

ヘッドワーガーは即座に言い返し、相手を黙らせる。説明を待つ必要などない。しかし、これで充分だと思ったその考えは間違いだった。すぐにまたコングポップが言い返してきたのだ。

「許可願います！」

（……クソが！　人間の言葉が理解できないのか⁉）

「許可しない！」

「許可願います！」

「許可しない！」

「許可願います‼」

「コングポップ‼」

堪忍袋《かんにんぶくろ》の緒《お》が切れたアーティットは怒鳴り声を上げた。その獰猛《どうもう》な瞳は苛立ちと怒りに満ち、神経を逆撫でするように何度も何度も同じ言葉を繰り返す相手を睨みつける。臆《おく》することのないコングポップのその行動は、未だ要求を通そうとしているも同然だ。

張り詰めた空気の中、レクリエーション班までもが掛け声《ブーム》を続けるのを忘れ、向かい合う二人に目を向ける。その瞬間、ヘッドワーガーが毅然とした口調で判決を下した。

「ここから出ていけ、そしてもうチアミーティングに参加しなくていい！」

その言葉に、ほとんど全員が呼吸を止める。これまで耳にした中で最も重い罰だったからだ。コングポップは少なからず心の準備をしていたが、それでもその言葉をはっきりと聞いた時、全身が冷水を浴びせられたかのようにすくむのを感じた。しかしそれでもなお、彼は自分自身の信念を貫いたことを後悔してはいなかった。

違反者は列から外れ、扉へとまっすぐに歩いた。一歩一歩、足が重くなっていくのを感じる。もしここから出ていけば、彼は永遠にこの代の工学部生として失格になってしまう。

しかし、出口まであと数歩のところで突然沈黙は破られた。

「許可願います！」

割って入った声はコングポップの足を止めた。同時にアーティットは振り返ると、列の中で手を挙げた人物に叫んだ。

「なんだ？」

エム——コングポップの親友が立ち上がり、口を開く。自信のない様子でありながら、話し出した口振りは明確で簡潔なものだった。

「僕の友達をここにいさせてください。それから、僕たちがレクリエーション班の代わりに掛け声《ブーム》を続けます」

とても強い意志を見せた要求はアーティットの怒りを鎮める助けにはならず、それどころか苛立ちを二倍に膨《ふく》れ上がらせた。

そう……ヘッドワーガーは、ヒーローには友達がいるものだということを忘れていた。そして友達は、当然ヒーローの味方である。しかし残念ながら、アーティットはいずれにしても同じ言葉を押し通すのだった。

「許可しない！」

今日だけで何回口にしたのかわからない言葉を告げ、この無礼なガキにも罰を与えようと彼が口を開いたその時、他の新入生の大きな声によりそれは遮られた。しかも、遮ったのは一人ではない。あらゆる方向から、何十もの声が続いていった。

「許可願います！」

「許可願います！」

「許可願います！」

「許可願います！」

チアルーム中が嘆願の声で溢れ返り、全ての一年生が手を挙げている状況に、アーティットは大声で命じなければならなかった。

「静かに‼」

全ての声がやみ、辺りは元の静けさを取り戻したが、一年生たちの気持ちは初めとは大きく変わっていた。アーティットが彼らを見渡すと、これまで涙を湛えていたその瞳が、今では決意を持って煌《きら》めいている……彼が譲歩せざるを得ないほどに。

「いいだろう。君たちが先輩たちに代わって掛け声《ブーム》を続けることを許可する。だが、君たちの仲間がここに残ることは許可しない」

（……そう、譲歩はしたが、全てを譲るだなんて思うなよ。頑《かたく》なに逆らってくるクソガキならなおさら、仲間が懇願したからといって、そう簡単には許さない！）

この判決に異議を唱えようと手を挙げかけた一年生がたくさんいたが、彼は見て見ぬふりをして、未だとどまっている者を急かした。

「なんで突っ立ってるんだ！　出ていけ！」

コングポップは不満を露わにしてアーティットの目を見つめた。

……同情を求めても無意味なのだ。相手は前々からコングポップを目の敵にしている。今回はおそらく、彼のような生意気な存在を罰して視界から追い出す絶好の機会だったのだろう。

「はい」

コングポップは受け入れると、歩み出し、扉を開けて外に出た。今度はもう彼を引き留める声は上がらなかった。


しかし……彼はどこかへ立ち去ることはせず、チアルームの傍に立っていた。漏れてくる音に耳を澄ますと、そう経たずして同級生たちの掛け声《ブーム》が聞こえた。ワーガーが叫ぶ声、そのあとにより大きくなる掛け声《ブーム》が絶えず交互に続き、十分ほどが経った。

そして長い沈黙が訪れ、もっとはっきりと声を聞くためにコングポップが扉に近寄ろうとした途端、扉が開きワーガー一行が外に出てきた。最後に出てきた件《くだん》の人物であるヘッドワーガーは彼がまだ帰っていなかったのを見ると、すぐに厳しい声で問い質した。

「ここに立って何をしてるんだ？　理解できない」

「友達を待っています」

コングポップは正直に答えた。彼が現状、学科の活動から追い出されたとしても、同級生が友達であることはこれまで通り変わらない。

　ワーガーたちはお互いに意見を求めるように視線を交わす。アーティットがうなずくと、全員がコングポップを囲うように立ち、逃げ道を塞いだ。一見すると、よくも減らず口を利いてくれたな、とリンチしようとしているみたいだ。そしてそれは、当然のようにヘッドワーガーによって火蓋が切られた。

「なぜお前を追い出したかわかるか？」

　囲い込まれたこの状況でどれだけ怪我をするリスクがあったとしても、コングポップは平静を保ったまま、臆することなくすでに思い当たっていた理由を答えた。

「僕に不満があったからです」

「何が不満だと？」

「僕がレクリエーション班と代わりたいと言ったことです」

「違う。お前を追い出したのは、もう説明しただろ、ここにヒーローはいらないからだ」

（……ヒーローはいらない……？）

　その理由は考えていたものとはかけ離れており、コングポップは困惑に眉根を寄せる。頭の中に溢れたたくさんの疑問に戸惑い、急いで弁解しようとした。

「どういう意味ですか？　先輩は、僕がいつも発言を申し出ることが不満だということですか？　僕は決して注目されたいわけじゃないんです。本当に、ただ仲間を助けたいだけです」

「それならお前の仲間は、お前一人が助けに来るのを待ってなきゃならないのか？」

コングポップは、問い返されたその言葉に押し黙った。わずかに理解しはじめ、はたと冷静になる。

――ヘッドワーガーが説明を通して伝えようとした、何か……。

「誰かが助けてくれるのを待ってばかりいたら、これから先困難に直面した時に、お前の仲間はどうやって立ち向かう覚悟をし、自分で問題を解決するんだ？　誰かのあとをついていくばかりで、自分自身で立ち上がり、何かを成し遂げるだけの根性がないのなら、彼らは我々の後輩として失格だ！」

……ワーガーが、罰や命令を下すのではなく理由を用いて彼と会話したのは、これが初めてだった。

コングポップはたった今理解した。ワーガーの全ての行動の裏には、こうして隠された理由がある。しかし、彼らはそれをはっきりとは言わず、ただ残忍なやり方だけを示してくる。もし全てのことが、後輩たちに学んでほしいから行っているのであり、その中にコングポップ自身も含まれているのだとしたら。

「今日は仲間たちに助けられたな。次のチアミーティングからは参加を許可するが、これが最後の警告だ。二度とヒーローになろうとするな！　わかったか？」

「わかりました」

彼が受け入れたのを見ると、彼を取り囲んで威圧していた他のワーガーたちはゆっくりと退《の》き、一人、また一人と去っていった。アーティットだけが残り、彼もまた背を向けて帰ろうとしたが、突然呼び止められる。

「ちょっと待ってください！　他にもわからないことがあります」

「まだ何かあるのか！」

アーティットは鬱陶《うっとう》しそうに舌打ちをした。

（……わざわざ理由を説明してやったっていうのに、まだわからないことがあるのかよ！）

「先輩にサインをもらいに行った時、僕はヒーローになっていませんでした。それなのにどうして先輩は僕を罰したんですか？」

（……あぁ、あの〝僕を抱いてみませんか〟と声をかけるよう命令した時のことか。ふっ、思い出すだけで笑えてくる）

確かに、いくつかの罰はアーティットが後輩のために熟考した理由に基づくものだ。しかし、中にはただ腹が立ったからというだけで下した罰もあった。

「じゃあ、お前はなんでだと思う？」

アーティットは質問で返すことを選んだ。彼は相手が自分に大きな不満を持っているであろうことを知っていた。そして、これを機にその恨みを解消しようと考えたのだ。コングポップのようなやつは、きっと〝単に気が済まなかったから〟という理由だけで行ったと推測しているだろう――そう思っていたが、実際に一年生の口から出てきた仮説は、彼が予想だにしない答えだった。

「それは……僕が思うに、先輩は僕が好き」

「なんて言った？」

アーティットは大声で叫び、小さく微笑みを見せて普通のことのように説明するコングポップを見た。

「よく言うでしょう……誰かを好きになると、その人の気を引くために〝いじわる〟したくなるって。先輩は僕が何もしていなくても罰することがよくありますよね。つまり……先輩は僕に好意があるのではないですか？」

（……バ、バカ野郎！　お前、どんなクソ屁理屈だよ！　頭イカれてんのか？　どうやったら俺がお前を好きだからわざと罰してるだなんて思えるんだよ！）

「そんなんじゃない！」

その言葉は、ちょうどチアルームの扉が開いたタイミングで叫ばれた。外に出てきた全ての一年生の注意を引いてしまい、アーティットは突っかかるように声を上げげなければならなかった。

「なに見てんだ！　誰が見るように命じた？　終わったらさっさと帰れ！　……お前もだ、もう帰れ！」

最後の言葉はまだ立っていたコングポップへ向けて命じられたもので、彼は簡単に受け入れた。

「はい」

それだけ聞くとアーティットは踵を返し、苛立った表情を露わに、その背中を目で追うコングポップを残し立ち去っていった。すると、隣からエムが怪訝そうに声をかけてきた。

「先輩と何を話してたんだ？　すごい大声だったし超怖かったよ」

友人の目にもヘッドワーガーの恐ろしさが映し出されていたらしい。……しかし、コングポップはまだ微笑んだまま彼の後ろ姿を見送っていた。彼にとって、アーティットを揶揄った理由はエムに言った通りごく単純なものだったからだ。

それは……。

「別に、なんでもない。ただいじわるしたかっただけ……」

一年生規則第七条

いついかなる時も、ワーガーはワーガーである

「おばちゃん、カオ・パッガパオ・ガイ・カイダーオ〔目玉焼き載せチキンガパオ〕」

注文する時に全く頭を使わないメニューだ。この時アーティットは少しのエネルギーも使いたくなかった。

チアミーティングは、今日も屋外での活動だった。後輩たちに大きい声で怒鳴ったり叫んだりしなければならなかった他に、グラウンドの周りを彼らの後ろについて走り回っていたので疲れ果てていた。だが、誰のせいでもなく、全て自分で下した命令だ。

……正直、ワーガーであることはちっとも楽しくない。大声で叫んで喉が痛いし、厳粛な表情と姿勢を貫かなくてはならないため、筋肉はほとんど感覚を失っている。

しかし、全ては書かれた台本通りに行わなければならない。時には権力が行きすぎているように見えることもあるが、最終的に全ての責任を取るのは他でもないワーガーだ。

〝後輩は疲れているが、先輩はもっと疲れていなければならない〟——これはワーガー自身が受け入れなければならない鉄則だった。

そのためチアミーティングが終わると、彼らを受け持つアーティットは、一刻も早くエネル

ギーを補給する必要がある。彼は寮に直帰し、薄手のTシャツと短パンに着替えてから、近所に食べるものを探しに下りた。

今は十九時頃、学生の食事のゴールデンタイムだ。食堂は人でごった返し、ドリンクスタンドですらものすごく並んでいる。そのため彼は先に飲み物を注文してから、隣のフードスタンドで食事を注文する。幸い食堂の最後の一席は誰かに見つかる前に確保でき、そのうえ暇潰しのできる新聞が置かれていた。

（……へへ、ラッキー。この機会に最近の時事を追っておこう）

近頃は外の世界と分離されているようだった。朝起きると授業に行き、放課後は新入生の活動があり、夜には会議に出なければならない。毎日の生活はその繰り返しで、信じられないかもしれないが、たとえアメリカに巨大隕石が衝突したって知らないままだろう。

アーティットは新聞を広げ、脳を外の世界のニュースで更新していく。行き来している人に構わず、しばらく目線を文字に集中させていた――が、突然、誰かの尋ねる声が聞こえてきた。

「すみません。ここ、座ってもいいですか？」

「いいですよ！　ご自由に」

口ではそう答えたが、声の主を見上げる気は全くない。最近破局した芸能人のニュースに集中していたからだ。座る前に食堂にはたくさんの人がいることは知っていたし、自分自身も一人で来ていたから、同じテーブルで食べても気にしない。

相手は許可を得ると、お礼を言って向かいの席に座った。

「ありがとうございます、アーティット先輩」

「うん、構わないよ」

アーティットは相手を気にすることもなく答えた。

（先輩として後輩に思いやりを持つのは当然のこと……はっ？　待て、どうやって俺の名前を知ったんだ？）

訝《いぶか》しさに、顔を上げる。視線を新聞紙から外して向かいに座っているのが誰であるかを確認した瞬間、彼は目を大きく瞠《みは》った。

その相手は、制服やいつもの学部のシャツとジャージを着ておらず、今は彼と同じようにシンプルなTシャツに短パンを身に着けている。しかし、互いの立場は服装で変わるものではない。いついかなる時もワーガーはワーガーであり、そして相手は一年生……いや、ただの一年生ではない、常々ワーガーの手を煩わせるクソガキ一年生だ！

（……0062、コングポップ！）

「どうしてお前がここにいる！」

アーティットは勢いよく立ち上がると厳しい口調で問い質した。急いでワーガーのモードに切り替え、険しい表情をする。たるんでいて迂闊《うかつ》だったと、心の中で自分の過《あやま》ちを責めた。

問い質された相手は警戒することさえないが、しかし混乱した様子で答えた。

「ああ、えっと……さっきアーティット先輩が僕に、構わないと言ったので……それに今、食堂は満席なんです」

最後の言葉を聞いてアーティットが食堂を見渡すと、コングポップの言う通りどのテーブルも満席だった。だが、たとえそうであったとしても、一年生を自分のテーブルで一緒に食事をさせたとなれば、ヘッドワーガーとしての権威を落とすことになる。本当は出ていけと彼を叱りたかったが、突然フードスタンドのおばさんが大きな声で言った。

「君、ごめんね、今日は人が多くて。ひとまず相席で一緒に食べてくれない？」

おばさんは彼と後輩の会話が聞こえていたのかもしれない。あるいは、アーティットの苦々しい表情に気づいたのか。やむを得ず慌ててやってきて、状況を収めようと丁寧に懇願する様子に、彼は閉口した。

……彼自身この店の常連だ。そのうえ、このおばさんはとても親切で、いつもご飯を大盛りにしてくれる。今、彼女の前で礼儀知らずな振る舞いをすれば、後輩の前で失礼な行動を肯定することになる。

アーティットは百歩譲って元の場所に座ることを選んだが、むすっとした表情のままで一言も話さなかった。おばさんは反対側に座るコングポップに尋ねた。

「それで、あなたはもう食事の注文したの？」

「あっ……まだです。カオ・カイジアオ・ムーサップ〔豚肉入りタイ風オムレツ載せご飯〕をお願いします」

「はい！　ちょっと待っててね。今すぐ作るから」

彼女は身を翻すと、急いで食事を作りに行く。おばさんが去るのを待ってから、ずっと不服そうな顔をして黙っていたアーティットはついに耐えきれず口を開き、嫌みっぽく話しはじめた。

「ふん！　カオ・カイジアオ〔タイ風オムレツ載せご飯〕なんて、幼稚園児みたいだな！」

投げ出されたその言葉はまるで喧嘩を売っているかのようだ。コングポップには、相手の不満はピークで、すぐにでも自分に怒りをぶつける準備ができていることがわかった。だが、結局のところ自分は一人の一年生にすぎず、口答えする権利などない。ただ真実を報告することしかできなかった。

「えっと……辛《から》いものがあまり好きじゃなくて」

「は？　図体ばっかりでかくなって辛いものが食べられないのかよ、女々しい奴だな！」

容赦ない言葉と嘲笑うような目に、コングポップはいったいどうすればいいのかほとんどわからなかった。

（ふん……自業自得だろ、お前が自分で相席することにしたんだ。ならばこの心理戦に耐えるしかないな。食べている間、ずっと攻撃してやる……いつまで美味しく食べていられるか見ものだな……？　今このテーブルで誰が上なのかを忘れるなよ。頼んだメニューを見るだけで上下がわかるじゃないか。俺のオーダーはまさしく俺のように男らしく、威厳に満ちている。こんな見かけ倒しのザコなんて、そもそも相手にもならない。はぁ……どの程度のものかと思っていたけど、実はただの弱虫とかマジでいい気味だな。ははは……）

「はい、あなたのピンクミルクね」

（——しまった、完全に忘れてた！）

ピンク色の甘いミルクスムージーを手に持ったドリンクスタンドの店員の声で、彼は我に返った。血の気が引いたアーティットは調子外れの声で慌てて否定する。

「いや間違ってますよ、俺は注文してません！」

「何言ってるの、注文したでしょ！　それに間違えるはずないわ、毎日これを注文しているんだから。隠すことないじゃない」

（うわっ！）

最後の一言で逃げ道は完全に塞がれた。彼はただ正面に座るコングポップを見つめ、店員の持つ飲み物に手を伸ばす。

「はい、こっちはあなたのアイスコーヒーね！」

「はい、ありがとうございます」

コングポップはテーブルの上のピンクミルクの傍にアイスコーヒーを置く。アーティットは相手の目の中に、くすくすと笑うような輝きを見た。そして放たれたほんの一言が、彼の心の奥深くまで刺さった。

「僕、たった今知りました。ヘッドワーガーはピンクミルクが好きだって」

「このっ……！」

アーティットが叫ぶことができたのはただこれだけで、それ以上言い返す言葉は何も思いつかなかった。あまりの屈辱に、自分自身のメンツは潰れ、立て直すことができなかったからだ。

（……終わった。作り上げてきたイメージが全て消えてしまった。苦労してカッコつけたり厳《いか》つい態度を取ったりしてたのにこんなきっかけで消えるなんて……なんなんだよ！　なんか問題あるか？　ヘッドワーガーがピンクミルクを好きなのは第何条の違反なんだ？　ピンクミルクは美《お》味《い》しいし甘くて元気が出るから、長い一日の終わりに充電するために飲むのが好きなんだよ）

普段、彼は学食に通ってそれを飲んでいた。しかし最近はヘッドワーガーとしての立場に縛られ、飲むのを控えることにしていた。一年生に見られたら、野蛮で横暴に見せていたイメージに傷がつくのではと恐れたのだ。

でも、きっと今日は死ぬほど運が悪い日だったのだろう。その恐れていたことが実際に起きて、しかも最も知られたくない人物に見つかってしまったなんて。

（――くそ！）

心の中で恨みがもつれ合い、結び目がどんどん大きくなっていく。このピンクミルクをぶっかけてやりたいくらいだ。

しかし手が動く前に、料理名を告げる声がその空気を打ち破った。

「カオ・カイジアオ・ムーサップとカオ・パッガパオ・ガイ・カイダーオだよ」

先ほどのおばさんが出来たての料理を二皿、テーブルに持ってきてくれた。アーティットは自分のカオ・パッガパオに手を伸ばしたところで突然閃《ひらめ》き、後輩を慌てて呼び止める。

「待て、まだ食べるな！」

コングポップはスプーンを取ろうとしていたが、向かいの先輩に視線を向ける。相手は二度咳払いをしたあと、ヘッドワーガーの表情を作って真面目な口調で話しはじめた。

「先輩として、一つお前に教えたいことがある……俺たちの食べている一つひとつの食事は簡単には手に入らない。わかるな？」

「わかります」

戸惑いながらも、コングポップはそれに応えてうなずいた。しかし頭の中では警告のサイレンが鳴り続け、相手が次の一手を打とうとしていることを知らせている。案の定、その一手はアーティットが続けた言葉の中にあった。

「食物への感謝を示してほしい。食前の祈りを捧げてくれるか？」

「わかりました」

アーティットは笑いを堪え、運命を下すような言葉を告げた。

「じゃあ、唱えて聞かせてくれ。一粒一粒の米に、感謝の気持ちと同じくらい大きな声で」

コングポップは唖然とした。この命令は罰も同然だ。自分たちが今、満席の食堂にいることを忘れてはならない。もし突然祈りを捧げ出す人がいたとしたら間違いなく注目の的になるというのに、そのうえ大きな声を出すように要求するなんて。

命令をした張本人は痛くも痒《かゆ》くもない様子で、むしろ急ぐように促した。

「おい！　何をためらってるんだ？　早く言えよ！　まさか、お前の感謝はこの程度なのか？」

アーティットの瞳は挑発的で、後輩に勇気があるかどうか試しているように見える。コングポップは腹を決めるのに一秒もかからず、深く息を吸ったあと大きな声を出した。

「全ての食物、全ての料理はとても貴重で、無駄にできません！　飢《う》えた人々は世界中にいます！　飢餓に苦しむ子供たちを思いやるべきです！」

食堂の人々はその声の出どころに目を向けた。中には不審に思った人もいたはずだ。こんな場所で、こんな時間に、いったい誰がどうして、飢えで苦しむ子供たちに同情するよう窘《たしな》めるというのだろう。

なんだか説教されているように聞こえ、何人かはひそひそと話していた。彼がそれを行った理由も知らずに、不満そうに横目で見ている。だがコングポップは、誠心誠意食物へ感謝しているだけなのだ。

ただ一人、アーティットだけが密かに笑っていた。さっきの屈辱の仕返しに成功したからだ。しかし、彼の企みはこれだけではなかった。彼は言うより早く相手が食べはじめようとしている皿を引き寄せる。

「おっと……ちょっと待て、まだ食べるな……こっちがお前のだ」

コングポップが頼んだ料理はアーティットのものに変えられて、彼は訝しげに聞いた。

「どうして交換してくれたんですか？」

「お前が米に感謝している姿を見て、たくさん食べてもらいたくなったんだ。ほら、見てみろ、この皿にはパッガパオだけじゃない、カイダーオ〔目玉焼き〕もある。だからお腹いっぱい食べられるぞ。どうした……まさか、俺の厚意が受け取れないのか？」

ごく稀な厚意を見せられたものの、まだ妙な感覚がある。しかしコングポップに断る権利はないので、ただ換えられた皿を受け入れ、黙って食べるしかなかった。

（……大丈夫、この食事でカオ・カイジアオを食べられなくてもなんてことない。そもそも何を食べるかなんて大した問題じゃないし。しかしこのパッガパオは本当に量が多いな。なんで交換してきたんだろう）

さらにコングポップが驚いたのは、アーティットが意外にも優しい表情で、世間話をするかのように声をかけてきたことだった。

「味はどうだ？」

「美味しいです」

「そうか？　でも、おばちゃんの味付けはちょっと薄いんじゃないか。ほら、調味料を足してやるよ！」

言い終えると、心優しい先輩は唐辛子《とうがらし》入りのナンプラー〔魚醤〕の瓶を開け、相手の健康状態など気にもかけずに中身をかけはじめた。ナンプラーの量などお構いなしで唐辛子を全部掬《すく》い上げ、スプーンたっぷり二杯分かけると、カオ・パッガパオを三秒でどこもかしこも真っ赤な唐辛子ご飯に変えてしまった。

「どうぞ美味しく召し上がれ」

彼らしからぬ優しい決まり文句に、コングポップは、いつも冷たく罵倒《ばとう》される時よりも数倍怖いと感じた。

自分が意地悪をされているのだと気づいたのだ。皿の上の唐辛子の量を見ると、学校が始まってから今まで受けてきた罰の中で最も重いもののように思える。しかし彼にできることは、ただ黙って、いびられる運命に耐えることだ。

カオ・パッガパオをスプーンに掬う。内心ためらっていたが、さっさと抜け出そうと心を固めた——目を閉じて、口を開けて、すぐに飲み込んでしまおう！

しかし一口だけで、舌先でキャッチした辛さがすごい速度で脳に伝わった。一秒も待たずにアイスコーヒーに手を伸ばし、蓋を開けて流し込む。口と舌全体が痺《しび》れて、目から涙が出るほどヒリヒリと痛い。

向かいでカオ・カイジアオを食べている人は、コングポップとは正反対にピンクミルクをお供にのんびりと食事をしている。そして、時折目の端で一口ごとにアイスコーヒーを飲んでいるコングポップを見て、内心良い気分になっているのだ。

(……そう、わざとコングポップを弄《もてあそ》んでいると認めよう。ヘッドワーガーの権力の使い方として間違っていると思われたとしても、だ)

すでに言ったように、二人の立場は何があっても変わることはない。彼は大胆にも口答えをしてワーガーの権威に挑んでいる後輩なのだ。

そのうえ前回、ヘッドワーガーがわざと自分を狙う理由としてわけがわからないことを言ったようなやつだから、今ここではっきりと示してやっただけだ。……アーティットが彼を吊し上げる、その理由は例外なくこれだった——〝気分が良い！〟

ＴＲＲＲＲ！

ポケットの中の携帯電話が鳴って、アーティットの思考を遮った。画面に表示された名前を見て電話に出る。

「もしもし……うん、何かあったのか？……ああ、今飯食ってるとこだけど……は？　今から来いって？　わかったわかった、すぐに行くよ」

通話を切り最後の三口を全部食べると、アーティットは立ち上がって振り返り、後輩に言いつけるのを忘れなかった。

「俺は先に帰るが、お前はちゃんと食べきれよ。残すのは絶対禁止だ。さっきのように米へ感謝するんだぞ！」

ヘッドワーガーは眉を上げてわずかに脅すような注意を告げ、半分も食べられていない彼に一人で戦うように言い残した。

そして相手が離れていってから、コングポップはやっと一息つくことができた。

……酷い目に遭うのを予想していなかったわけじゃない。それでも彼は好んで火に入っていった。心の中では本当に腹を立てたいのに、少しもできなかった。

もしかしたら自分がいざこざを引き起こす原因になったのかもしれないし、ワーガーの恨みを買うのも当然のことなのかもしれない。

コングポップはうつむくと、たっぷりの唐辛子に覆われた激辛のカオ・パッガパオを見た。今なら捨てることもできる。彼が戻ってきて、本当に完食したかどうか確認するなんてことはないだろう。だが、最後にはコングポップは約束を守り、無理して食べ続けた。食べ終わった時には、彼の唇《くちびる》はソーセージのように赤く腫《は》れ上がり、感覚はすっかりなくなっていた。

「おばさん、お会計お願いします」

コングポップは、料理を運ぶために通りかかった店員に声をかける。しかし彼女は怪訝そうな顔をして、驚きの発言をした。

「さっき一緒のテーブルに座っていた子が、もう払っていったわよ！」

（――一緒のテーブルに座っていた子がもう払った？）

さっき自分と一緒に座っていた学生はただ一人、それが意味するのは……。

彼は慌てて考えるのをやめ、立ち上がって食堂を出ると隣のドリンクスタンドに向かい、サーバーを操作する店員に尋ねる。

「すみません、アイスコーヒーはいくらですか？」

「えっ？　払う必要ないわよ！　さっきピンクミルクを注文した子が払っていったから」

……さっきと同じ回答に、彼の心の中の疑問は多少解けたようだった。本当はこのあと辛さを和らげるために同じ飲み物を注文しようとしていたが、コングポップは誰かの顔を思い出して気が変わった。

「……じゃあ、ピンクミルクを一つください」

長く待つことなく、すぐに綺麗なピンク色の飲み物が手渡された。会計を済ませ、一口飲んでみる。

思った通り、辛さはちっともおさまらない。

けれど、少なくとも彼はようやくわかったのだ。どうして何があってもあの人に腹を立てることができないのかを。

それはきっと……彼がいつも、アーティットの甘さに負けてしまうからだ。

番外編 アーティットがワーガーになって変化した十のこと

一、目覚まし時計

アーティットは（とても）朝が弱い。

普段、午前のコマの授業がない日には、彼は昼まで長々と惰眠《だみん》を貪《むさぼ》ることができる。そして、お呼びでない誰かに起こされたり、眠りを妨げられたりするたびにいつも機嫌が悪くなるのだ。

しかしワーガーになってからは、アーティットはラップノーンのために早起きをしなくてはならなくなった。新入生の集合時間が朝早ければ早いほど、彼はそれよりも早く来ている必要があるからだ。したがって、目覚まし時計が重要なツールとして購入され、そして彼は起きられなかった場合に備えて二分おきにアラームが鳴るように設定を施しておく。

しかし、実のところそれはあまり役に立っていなかった。なぜなら結局アーティットは、友達に電話で起こしてもらわなければ、枕とのしばしのお別れすらままならない始末だったのだ。そしてもちろん、嫌々起床する度に気分は底辺になる。

だから、朝からラップノーンがある時に、ヘッドワーガーが普段の三倍くらいイライラと目くじらを立てていたとしても、一年生たちは驚く必要はない。

……どうかお含みおきいただきたい。それは、アーティットのような寝坊助を起こすことができなかった、無力な目覚まし時計の成した結果なのだ。

二、ピンクミルク

アーティットはピンクミルクを飲むのが好きだ。

可愛らしいピンク色をした、彼の一番のお気に入りである甘美な飲み物。ワーガーの凶悪で野蛮なイメージとは正反対である。刑務所の囚人に差し入れるようなオーリアン〔タイではコーヒーの代わりによく飲まれる、タマリンドの種から抽出した飲料〕の方がお似合いだ。

彼は、大の男がピンクミルク好きだなんて変に思われるということをよくわかっている。しかしそれでも、とにかくピンクミルクに恋をしていた。疲れきっている時、彼はどんな料理とも一緒にピンクミルクを飲む。エナジードリンクにも引けを取らないくらい、力を与えてくれる飲み物だと思っているのだ。

そのため、食堂に飲み物を買いに行く時、アーティットはうっかりピンクミルクを注文してしまわないように気を張っておく必要があった。

店員のおばさんに「なぜいつもと同じものを注文しないのか」と尋ねられたとしても、彼は「味を変えたくなった」などと言って、誤魔化さなくてはならない。そして、代わりにただの水を注文することにしていた。ワーガーのイメージを保つために、常に仮面をつけているのだ。

アーティットは心の中で固く誓う——ラップノーンが終わったら、自分は一日三回毎食後、ただの水の代わりにピンクミルクを注文して飲んでやるのだと。そうすることで失われた時間を補うのだ。

三、苦いのど飴

アーティットはのど飴が嫌いだ。

甘味《かんみ》中毒者である彼は、あらゆる種類の苦いものが好きではない。それは喉の痛みを和らげるのど飴も含まれる。

しかし、定期的に後輩に声を荒らげて叫ばなければならないせいで、彼は自分の喉の調子を維持しようと努める必要があった。なぜなら、掠れた声で後輩を指導することは、ワーガーとして最大の超不名誉であるからだ。

のど飴はワーガーたち全員にとって緊急の手段だったが、アーティットに関しては、福祉班に蜂蜜レモンを用意してもらうことでそれを避けようとし続けていた。

しかしながら、蜂蜜レモンとやらを用意するのはものすごく面倒で時間がかかるため、そんなに頻繁に彼に食べさせてあげる者はあまりいない。

結局アーティットは、嫌々我慢せざるを得ないのだ。怒鳴り声を上げたあと、苦汁のようなのど飴を舐めて喉の痛みを癒してから、いつも最後に甘々のキャンディで口直しをする。だから彼のズボンのポケットには、キャンディが二、三粒常備されているのだった。

アーティット自身、キャンディのような可愛らしいものはワーガーが持ち歩くべきものではないとよくわかっていたが、わざと見て見ぬふりをしている。後輩の前でそれを取り出さない限りはそこまで問題ないと思っているのだ。

四、運動

アーティットはスポーツマンではない。

アーティットが真剣に運動をすることは滅多になかった。暇な時、彼はグラウンドでボールを蹴るよりも、部屋で扇風機に当たりながら横になって漫画を読んだりゲームをしたりすることを好む。アーティットはだいたいどんなスポーツもできるが、大抵はバスケットボールのような屋内スポーツを選びがちだった。

彼は美容に気を使うタイプではなく、日焼けをしてしまうことを恐れているわけではない。彼はただ、近頃のタイの日差しは、生きたままの鶏《にわとり》をあぶり焼きにすることができるほどだと考えていた。そして彼は気温が四十度にもなるサッカーグラウンドで走って、あぶり焼きにされたくはなかった。

しかし、ワーガーになると決まってから、彼は戦場に出る軍人と同じくらいきつい訓練を受けなければならなかった。

真昼に直射日光の下を走り回るのは日常となった。なぜなら、もし後輩に罰を下すつもりなら、彼らにもできることかどうか自分の身を証拠としてワーガー全員が確信していなければならないからだ。ぐるぐるバット、スクワット、立ったり座ったりすることでさえ、全てワーガーになるための研修過程の中で経験済みだ。さらに彼は、叫ぶための肺活量を鍛えるために、水泳の訓練もしなければならなかった。

……その結果、アーティットの体重は五キロ減り、そして筋肉がついた。友人たちが褒めるほどに、見るからに前よりもかなり引き締まった良いカラダになったのだ。

それは良い副産物であるとわかってはいるが……もう一度問われたとしても、アーティットは依然として、とにかく運動するのは好きじゃないと主張する。

五、髭《ひげ》

アーティットは髭を生やしておくのが好きではない。

彼は自分の顔を撫でた時のざらざらした感じが好きではなく、顎《あご》から伸びてくる髭は目障りだし彼の全体的な顔つきを滑稽《こっけい》にしているように思えた。

しかし一方で、彼の友達全員が、彼が大人っぽく見えるためにと髭を生やしておくよう強制した。なぜなら、生やしておかなければ彼の顔は一年生が同級生だと勘違いしてしまうかもしれないほど幼く見えるからだ。

首筋にかかる長い黒髪もそうだ。よりワイルドに思われるように、見た目から威厳と冷酷さを強めている。正直な話ものすごく暑くて、彼は今すぐにでも坊主頭にしたいほどだった。だが、それも当然友人たちに禁じられていた。外見がワーガーのコンセプトに反して見えるなどと言いがかりをつけられたのだ。

そのせいで、アーティットはしょっちゅう自分の髪を結ぶゴムを探さなければならず、寮にいる時はいつもイライラしていた。そして、カミソリも隠しておく必要があった。毎朝のシャワーでそれを手に取り、髭を剃《そ》り落としてしまわないために。

六、教室

アーティットは優等生ではないが、落ちこぼれでもない。

強《し》いていえば成績は平均くらいで、真面目に授業に出席するが、一般的な学生のように面倒くさいとサボることもある。

けれども、特に彼の学科において、ワーガーになるということには〝活動をしていい代わりに、授業を欠席してはならない〟という重要な規則を課せられる——そもそも授業を欠席したことに対する補講も特別措置もないからだ。もし誰かが遵守《じゅんしゅ》できなかった場合、教授に目を付けられ、それからすぐに活動から外されてしまう。

だからこそ、ヘッドワーガーとして重要な立場を務めているアーティットは、どんなに夜遅くまで後輩を指導しなければならなかったとしても、毎回自分の身体を引きずって出席しなければならなかった。そうして立場を保持しているのだ。

しかし、彼は一生懸命勉強しようとしているわけではない。ただ来て、座って、そこそこに聴いているだけだ。彼は〝居眠り専攻〟を履修済みのエキスパートだった。そして、あとから友達の助けを借りて勉強を詰め込むことで、辛うじてボーダーラインを超える点数に引き上げてもらっているのだ。

テストが終わった後、もし誰かが彼の勉強内容について尋ねたとしたら、アーティットが言えるのはこれだけだろう……。

「その話をするな！」

七、自転車

アーティットは自転車を一台だけ持っている。

よくあるものではなく、古いモデルのクラシックな黒い自転車で、彼の目には超カッコよく見えている。

普段の彼は、寮から自転車に乗って通学するのが好きだ。大学はとても広く、そして涼しい日陰を作ってくれる木がたくさんある。のんびりと風を感じながらサイクリングすることで、彼は鳥や木々を見たりする時間を持てるし、それは一つのリラックスタイムになっていた。

しかしもし一年生が、ワーガーが自転車を漕《こ》いで楽しんでいるところに遭遇してしまったら、それはきっとひどくイメージに反しているように映るだろう。

だから彼は大学に行く時もどこかに出かける時も、いつも友達のモーターバイクで送ってもらっていた。何度も送り迎えさせられている友人たちの多くが、自分たちの負担を減らすためにカンパして彼にモーターバイクを寄付したいと思うほどだった。

アーティット自身、まとまったお金がもらえるのはとても喜ばしいが、モーターバイクを買う気なんてさらさらない。代わりに別のクラシックな古いモデルの自転車を競り落とすだろう。

……友達を以ってしてもどうすることもできない。彼は自転車が好きなのだから。

八、女性の涙

アーティットは女性の涙に耐性がない。

どんな女性の涙にも特に敏感な性質《たち》だ。時々彼がワーガーとして激しく怒鳴りつけ、後輩の女の子を泣かせる時、彼の心もその涙と共に地に落ちてしまう。罪悪感を覚え、慰めに行きたくなるが、高慢な態度を自分に強いなければならないため、気にもかけていないような顔で睨みつけて応えるほかないのだ。

そしてチアミーティングが終わったあと、彼はいつも厳しくしすぎたのではないかと自問しているのだった。ラップノーンが終わった時、後輩の女の子たちが寄りつかなくなるのではないかと心配してしまう。

彼はこれまで、ほとんどのワーガーは人気になると聞いていた。後輩たちの目には恐ろしく映るものの、知名度が高ければ、中には何人か密かに想いを寄せる女の子がいるものなのだと。

しかし、アーティットが日々直面している現実は正反対だった。後輩の女の子からは想いを寄せられるどころか、まるで彼が変人であるかのようにあからさまに距離を置かれている。

先輩は「ワーガーになるとモテる」と言ったが、正直に白状するとアーティットはこの仮説をそこまで信用してはいない。むしろ、自分は先輩に騙《だま》されているとすら思っている。

九、友達

アーティットは友達がたくさんいるほうだ。

自分から簡単に人と仲良くなれるし、陽気で社交的な性質《たち》で呼ばれたら誰とでも遊びに行くため、学部内外にかなりたくさんの友達がいる。彼はこれまで思いもしなかった……自分がワーガーになった時、それが大きな問題になるなどとは。

なぜなら、後輩たちの前では厳格な姿勢を保たなければならず、これまでのように友人たちとふざけて笑わせ合うなんてことは絶対にできないのだ。

彼の友達はその理由をよくわかっていたが、それでも彼らのほとんどがわざとふざけ続けた。一年生のいるさまざまな場所を歩いていると、どうにかして笑わせようとしてくるのだ。当然それは、威張っていなければならない彼をものすごく悩ませ、あとから隠れて笑うしかない。

アーティットは友達に何度も注意を促し、電話で怒鳴り込んだこともある。しかし、なぜか彼らは頼みに応じる気など全くないのだった。そのせいで、もう一つの不幸がアーティットに降りかかっていた。後輩だけではなく、彼は自分の同級生の相手をするのにも手を焼かなければならないのだ。

十、0062、コングポップ

アーティットはいいワーガーになりたいと思っている。

彼は、ワーガーという立場が否定的な反応を色々ともたらし、自分自身に大きな影響を与えるということをわかっていた。しかし彼は最善を尽くして自分の役割を果たそうと努力している。論理的に話し、感情をコントロールし、さまざまな計画を立ててきたのは、どれも後輩たちの精神を適度に刺激するためだ。

それなのに、彼がこれまで夢にも思わなかった後輩が登場して以来、全ての計画が崩れ去ってしまった。

……0062、コングポップ！

最初のチアミーティングから口答えしてきた後輩だ。そしてアーティットが怒りで我を忘れ、ヘッドワーガーとしてのあり方を逸脱してしまうほど、おかしなことを言っては苛つかせてくる。

彼は、やつが友達を庇ってヒーローのように振る舞うところが気に食わない。他の一年生に対して例を示すため、重い罰を命じることで毎回仕返しをしても、痛くも痒くもないといった様子なのだ。どうしてそのような態度がとれるのかわからず、余計に苛立っていた。

……それはまるで、彼がこの後輩の決意に負けていると言わんばかりだった。

そして、アーティットが最も気に入らないのは、毎回向けられるコングポップの眼差しだ。

……それは何かを隠しているかのように煌めいていて、アーティットはその煌めきの正体を知らない。しかし、彼はそんなことを考えていたくなかった。何にせよ、いつかコングポップを打ち負かせるはずだと信じているからだ。学科の〝旗〟と〝ギア〟を継承する権利が彼の手にある限り。

だから、ワーガーを務める時はいつも、アーティットは辛抱強く任務に集中しなければならなかった。列の中にいる彼が目に入ってしまい、万が一そいつがまた馬鹿なことを言い出しても、すぐに対処し防《ふせ》ぎきれるように。

このため受け入れがたいことだが、アーティットにとって、ワーガー生活の中で最も興味を持ち、そして最も記憶に残っている一年生が彼であることは否めない。

……それが、コングポップだ。

コングポップのありきたりな一日

6：00　コングポップは目を覚ます

コングポップは普段から早起きだ。ほとんど毎日、朝六時頃になると自然に目が覚める。これは彼が幼い頃から受けていた母親の訓練の賜物《たまもの》である。彼は母に起こされ、毎朝僧侶に食事などをお布施する手伝いをしていた。そうして、大きくなってからも早起きが習慣になっていたのだ。寝るのがどんなに遅くなっても、時計の針が六時近くになると自然と身体が目覚め、もう眠れなくなる。

毎朝、コングポップはモーターバイクに乗って市場に行き、パートンコー〔中国式揚げパン〕、ナーム・タオフー〔豆乳〕、ジョーク〔お粥〕やカオトム〔雑炊〕などの食べ物を買う。どこか美味しい店があれば、彼は頻繁に立ち寄り、そこの常連になっていた。いつもより早く起きた日にはおかずを買い、歩いて托鉢《たくはつ》している僧侶の鉢にお布施する。

彼はいつも、朝食は欠かすことのできない大事なものだと考えている。それは一日のエネルギー供給源になるからだ。だから彼は毎日決して抜くことなく朝食を食べる。これから始まる一日のための充電として。

7：00　コングポップはシャワーを浴び、勉強するために服を着る

コングポップは朝、テレビでニュース番組を見ながら制服のシャツにアイロンをかける。見るものは政治から経済、株式市場、そして国際情勢に至るまでさまざまだ。ローカルニュースが面白くない場合は、時々テレビをアメリカのニュースチャンネルに切り替える。幸い、彼の寮にはこのチャンネルに接続されるケーブルがあるのだ。

コングポップは引き続き、自分のルーティーンをゆっくりとこなしていく。急ぐことはない、時間はたっぷりあるのだから。

しかし、彼は寮から出るギリギリまで手をつけないことがある。

それは、ネクタイだ。

実のところ、コングポップはネクタイを結ぶのが好きではなく、制服を着ることにもあまり関心がない。彼は、学生の学習意欲は、着る物で判断できるものではないと思っていた。だが、もちろん……学習意欲は責任とは別の問題であるとわかっている。そのため彼は、工学部一年生としての義務に対する責任を示すために、規則に従うのだ。

たとえ窮屈に感じても、制服を着る時は毎回きっちりとネクタイを結ぶ。そして、自分自身でネクタイを外し、ショップシャツに着替えられる日を待ち望んでいる。

8：00 コングポップは大学に到着する

今日、彼は八時半から英語の授業を受けるために、工学部の建物ではなく文学部の方へ出向かなければならなかった。道中、他学部の女の先輩から名前と、あるSNSのアカウントを聞かれて彼はあっさり教えた。だが、それに続く本当のことは伝えていなかった。

そのアカウントはほとんど使っていないのだ。

コングポップはこれまでソーシャル・ネットワークに近づこうとしてきた。有名なSNSはどれもアカウントを持っているが、それはただ楽しむためだけのものだ。もし本当に大事な要件があるなら、彼は電話をかけて伝えるようにしている。その方が誤解が起きる可能性も少ないし、相手からの返信を待つよりも早い。それに、友達が送ってくるスタンプがどういう意味なのかよくわからないこともある。

だから彼の友人はあまり彼とSNSで連絡を取ろうとはしない。それどころか、彼を〝既読無視するブラックリスト〟に分類していた。スマートフォンを持っていてもその機能を使う気がないので、友人は彼に、それを売って代わりにガラケーに機種変更するように勧めていた。

コングポップ自身も、そうしてもいいかもしれないと思っている。

8：30 コングポップは一限目の授業を受ける

彼は大抵、同性の友人たちと教室の後ろの方の席に座っている。噂によれば、午後の必修科目で工学部の学年代表を選出することになっているらしい。

親友のエムが彼に立候補するよう勧めたが、コングポップはすぐに頭を横に振って拒否した。生活面での負担を増やしたくないし、他の学生たちと同じように気楽な大学生活を送りたい。しかし、周りの同級生たちが集まって煽《あお》ってきたため、彼はついにやむなく脅しをかけた。

……僕に投票してみろ、あとで絶対仕返ししてやるからな。

10：25　コングポップは授業を終え、同コードナンバーの先輩のもとへ急ぐ

工学部では、チアミーティングに参加して間もなく、同じ学科で一学年上の先輩の名簿が配られる。新入生はその名簿に記載されている自分と同じコードナンバーの先輩から、教科書などを受け継いだりさまざまなアドバイスをもらったりするのだ。ところが、コングポップと同じコードナンバーの先輩はまだアメリカでの短期アルバイトから帰ってきていないため、一部の教科書は自分で購入して使っていた。

しかし今日、ついにその先輩から電話があり、受け渡しの時間を約束したのだ。彼は授業のあとに急いで工学部の建物に戻り、大理石のテーブルで待っているという先輩を捜した。そして、コングポップは初めて二年生の同コードナンバーの先輩と顔を合わせたのだった。

プルは中国系の女性で、二年生の応援団《チアリーダー》のメンバーを務めている。派手な見た目から受けるイメージに反して穏やかな性格で、親しみやすい人だ。

彼女は大きな段ボール箱を抱えていて、中には教科書とレジュメがいっぱいに詰め込まれていた。コングポップが驚いた顔をすると、先輩は慌てて説明する。

「あら……私一人の分じゃないわよ！　私たちと同じコードナンバーの先輩たちから代々受け継がれているものなの。使えそうなものを選んで、残りは0062番の後輩たちにとっておいてね……そうだ、お土産を忘れるところだった！　何が好きかわからないからたくさん買ってきたの。食べきれない分は友達に分けてあげて！」

話し終えるやいなや、彼の前にお菓子の大きな袋が置かれた。袋に書かれた〝デューティフリー〟のマークが目に入る。プルはおそらく空港で買っておいたのだろう。免税店とはいえ、これほどの量のお菓子となると安くはないはずだ。

コングポップが急いでワイ〔目上の人に対して挨拶やお礼を言う時に合掌すること〕をしてプルに感謝を示すと、当の本人はすぐに遠慮し、後輩との顔合わせが遅くなったことに対するお詫《わ》びだと話した。それぞれの授業に戻る前に忘れずに電話番号を交換しておく。同じコードナンバー同士で親交を育《はぐく》み、三年生や四年生の先輩とも知り合う機会を改めて設けてもらうためだ。

彼女が去ったあと、コングポップは箱の中のノートを手に取り、裏返した。何冊かは外側がボロボロになっていて時の経過を物語っている。そして中身は書き込みでいっぱいで、数式や、退屈しのぎの落書きもあった。だが、それが教科書であろうとレジュメであろうと、全ての表紙にはっきりと〝0062〟と記されていた。

英語の教科書が目に入る。今日の授業で自分が使ったのと同じものだ。彼は来週、この受け継がれてきた教科書で授業に出ようと心に決めた。

10:45　コングポップはムーン・コンテスト用の写真撮影をする

昨日ミニーから電話がかかってきて、写真撮影の約束をした。彼と同じ工学部のスターに選ばれた、別の学科の同級生であるプレーパイリンも一緒に撮影をする。

学部によっては、一年生たちによる投票で学部を代表するスターとムーンを選出する場合もあるが、工学部の代表は先輩たちが選んでいる。投票のために千人もの一年生を集める時間などないからだ。したがって、各学科の代表候補から先輩たちが絞っていき、めでたくコングポップが適任とされたのだった。

コングポップは少し特別なインタビューを受け、ちょっとしたプロフィールと大学の新入生になったことについての印象を尋ねられた。これらは全ての学部の候補者と一緒にコンテストのウェブサイトに投稿される予定だ。そして全校の学生による投票の結果は、スポーツを通じて交流する〝フレッシーゲーム〟というイベントの最後に開催される〝フレッシーナイト〟で発表される。

正直な話、コングポップはムーンなどという地位に興味はない。しかし、ミニーは彼に大きな期待を寄せているようだ。また、審査では何か自分の才能をアピールできる出し物を用意するよう言われており、それは自分の特別な能力がよくわからないコングポップを悩ませていた。

……先輩への遠慮と、もう自分の撮影を終えてしまったという事実がなければ、コングポップは審査内容を知らされた時点でおそらく辞退を申し入れていただろう。

12：00　コングポップは昼食を食べる

コングポップは、入学してすぐに仲良くなった十人近くの同じ学科の友人たちと、一緒に座って昼食をとる。どこに行くのも一緒で、一見、不良グループが喧嘩に行くように見えるため、他の同級生はこぞって〝おバカなギャング〟と呼んでいた。しかし、実際彼らが不良っぽいのは見た目だけで、皆やんちゃで明るくノリがいいから親しくなれたのだ。

それにコングポップたち一年生がどれだけ不良に見えたとしても、三年生ギャングほど恐ろしくはない。彼らは工学部のショップシャツに身を包み、列をなして学食を闊歩《かっぽ》する……人数こそ互角だが、その迫力は比ではない。

先輩たちが通りかかると、テーブルに着いていた一年生たちは一斉に立ち上がり、規則に従い謙虚に敬意を払ってワイをしなくてはならない。多くの先輩はそれを受けてうなずくが、わざと無視する者もいる。

ヘッドワーガーもその一人だ。コングポップが敬意を込めて挨拶をしても、厳粛な表情を貼り付けたまま視線すら寄越さない。一年生たちを空気だとでも思っているような態度だ。

郵便はがき

170-0013

STAMP
HERE

東京都豊島区東池袋3-22-17
東池袋セントラルプレイス5F
(株)フロンティアワークス

Daria〔ダリア〕編集部 行

ダリアシリーズユニ読者係

〒□□□-□□□□ 住所	都道府県	
	電話 ( ) -	
ふりがな 名前	男・女	年齢 歳
職業 a.学生(小・中・高・大・専門) b.社会人 c.その他( )	購入方法 a.書店 b.通販( ) c.その他( )	
この本のタイトル		

ご記入頂きました項目は、今後の出版企画の参考のため使用させて頂きます。その目的以外での使用はいたしません。

ダリアシリーズユニ　読者アンケート

● この本を何で知りましたか？

A. 雑誌広告を見て [誌名　　　　　　　　　　　　　　　　]
B. 書店で見て
C. 友人に聞いて
D. HPで見て [サイト名　　　　　　　　　　　　　　　　]
E. SNSで見て
F. その他 [　　　　　　　　　　　　　　　　]

● この本を買った理由は何ですか？(複数回答OK)

A. 小説家のファンだから　**B.** イラストレーターのファンだから
C. カバーに惹かれて　**D.** 好きな設定だから
E. あらすじを読んで
F. その他 [　　　　　　　　　　　　　　　　]

● カバーデザインについて、どう感じましたか？

A. 良い　**B.** 普通　**C.** 悪い　[ご意見　　　　　　　　　　　　　　　　]

● 日本語書籍化してほしい海外作品はありますか？
(小説・漫画問いません)

● この本のご感想・編集部に対するご意見をご記入ください。
(感想などは雑誌・HPに掲載させていただく場合がございます)

A. 面白かった　**B.** 普通　**C.** 期待した内容ではなかった

ご協力ありがとうございました。

だから、ワーガーたちは陰口を叩かれても不思議ではなく、現にコングポップの友人の多くが悪口を言っていた。しかし、そういうことが性に合わない彼だけは、ワーガーたちに対して文句を言うことはなかった。

なぜなら、後輩として認められない限り、彼らは一年生たちを見知らぬ人のように扱うのは明白だからだ。まだ関心を向ける価値のある後輩ではないということだ。

13：00　コングポップは午後の授業に出席する

広い講義室で、工学部全体の授業が行われている。始まる前に誰かが前に出てきて、放課後に学年の代表を選出する件について告げた。聞いていた情報と同じだ。

コングポップは同級生たちが互いに耳打ちし、横目でこっそりと自分を見はじめたことを感じていた。そんなにも困らせたいのか、わざと推薦しようとしているらしい。右から左から唆《そそのか》して引き受けさせようとしてきて、今朝の脅し文句など少しも気にしていない。

そこでコングポップは、同じコードナンバーの先輩からもらったお菓子をばら撒くことで彼らを買収し、この問題を片付けた。ようやく静かになってくれた同級生に、うんざりしてため息をつく。全然授業に集中できず、難を逃れるために授業が終わる前にこっそりと抜け出してしまおうかと頭の中でずっと考えていた。

15：30　コングポップは学年代表に推薦される

結局、授業を抜け出せなかっただけでなく、学年代表にも推薦されてしまった。だが、それは彼の友人グループの仕業ではなく、同じ学科の他の同級生たちによるものだ。

もちろんコングポップは、他にもっとふさわしい人がいるし、こんな大きな責任を負えるような余裕はないからと、逃げる口実を挙げ連ねて必死に断った。

すると彼が本気で辞退したいことが伝わったようで、同級生たちは別の人から代表を選ぶことにしてくれ、コングポップは辛くも難を逃れた。工学部の学年代表は土木工学科の学生になり、決議が終わると、皆すぐに講義室から出ていく。中でもコングポップはとりわけ急いで、工学部のTシャツに着替えるためにモーターバイクで寮に戻った。なぜなら今日の十六時に……。

……産業工学科のチアミーティングに参加するからだ。

16：10　コングポップはチアミーティングに参加する

学年代表を決めていたせいで、一年生たちは十分遅刻してしまった。しかし、そんなことは早くからグラウンドで待ち構えていたワーガーにとって、遅刻を認める正当な理由にはならない。そして、彼らはすでに罰を用意してあった。先に集合した一年生を一列に並べ、肩を組んでスクワットをさせる。同級生全員が集まるまでそれを続けるように命じたのだ。

ワーガーの気が済むまで、結局一年生たちは二百回近くもスクワットをしなければならなかった。それから、ＳＯＴＵＳという言葉の意味を復唱させられた——年功序列の尊重〔Seniority《シニオリティ》〕、秩序の遵守〔Order《オーダー》〕、伝統の継承〔Tradition《トラディション》〕、団結〔Unity《ユニティ》〕し、そして思いやり〔Spirit《スピリット》〕を持つということだ。

……実のところ、コングポップは大学に入る前、ＳＯＴＵＳ制度反対派だった。人への敬意を得るのに強要をする必要などないし、恐怖によって服従させるべきでもない。

ワーガーが後輩を怒鳴りつけるというやり方も問題だ。新入生を軍人のように扱って重い訓練を行い、罵詈雑言《ばりぞうごん》を浴びせてプレッシャーを与えることは、肉体的且つ精神的に耐えられない者もいる。

ただ、欠点ばかりの中で得られたこともある……少なくともＳＯＴＵＳ制度によって新しい友人ができたし、団結を知り、同級生たちの打たれ強さと精神力を知ることができた。自分が何かを成し遂げて証明し、先輩から認められるたびに、心から工学部の学生であることを誇らしく思う。

だから、ワーガーたちに目を付けられていることがわかっていても、コングポップはこれまで毎回欠かさずチアミーティングに参加してきたのだ。

初めの頃は、心の内にある葛藤《かっとう》のために考えなしに愚かなことを口走ってしまったせいで、ワーガーのメンツを潰してしまい、誰よりも重い罰を受けた。

しかし、今でも彼は疑問に思うことが一つあった。それは、何も悪い言動をしていなくても、ヘッドワーガーのアーティットがしょっちゅう不機嫌そうな目で見てくることだ。そういう時、コングポップは相手が自分から目を背けるまで目を逸らさずまっすぐに見つめ返す。すると相手は余計にイライラした様子になり、理由もなく一年生により重い罰を与えてくる。

それでも、コングポップに反抗する権利はない。理由がわからなくても、ひたすらうつむいて、最後まで命令を遂行するしかないのだ。

18：00　コングポップはチアミーティングを終える

元気があり余っている男子学生たちは、彼をサッカーに誘った。罰のおかげで疲れきっているが、誘われたからには付き合うしかない。ショートゲームが終わる頃には全身汗だくで、まるで水から上がってきたみたいだ。

それでも彼は特に気にしない。むしろ、スポーツをして身体を鍛え、ワーガーの罰にも耐えられるよう体力をつけておかなくてはと思う。

そのあとコングポップはモーターバイクに乗り、途中で行きつけのレンタルショップに立ち寄って、二、三本映画を借りてから寮に戻る。部屋に着くと工学部のTシャツを脱いで水に浸け、洗濯の準備をする。このTシャツは一日おきに着る必要があるからだ。そして、いつものTシャツと短パンに着替えたあとは、腹を満たすものを探しに出かけるのだ。

19：30　コングポップは夕食を食べる

寮の近くにある食堂は美味しくて値段も安いので、彼はよくここで夕食をとっている。ここはいつも繁盛していて、客のほとんどは彼と同じ大学の学生だ。彼は奥の方の席に座ることにして、カオ・ムートートー・ガティアム〔豚肉のニンニク揚げ載せご飯〕を注文する。コングポップは辛いものが苦手なのだ。しかし、運ばれてきた料理を三口だけ食べると、とあることで店先の方に注意を引かれた。

「おばちゃん、今日は何かうまいもんありますか？」

聞き慣れた声にコングポップは頭を上げ、一目見たあとに急いでまた下を向く。なぜならその声の主は、さっきまで自分に罰を命じていた人物と同じ――ヘッドワーガーのアーティットだったのだ！

その人は彼が店内に座っていることにまだ気づいていないようだった。リラックスした様子で店員のおばさんと会話を続けている。コングポップは耳を澄ませてみた。

「じゃあ……何が食べたいの？」

「なんでもいいよ、腕がいいって信じてるからね。おばちゃんの料理は全部美味しいし、お任せで！」

「それなら、スパゲッティはどう？」

「へえ、今は外国のメニューもあるんだ、やりますねぇ。じゃあそれ一人前ください、寮で食べるから持ち帰りで。いったん飲み物を買ってから取りに来ますね」

アーティットは注文を終えると、隣にあるドリンクスタンドへ行き、しばらくしてピンクミルクを手に戻ってきた。ピンクミルクを飲みながら、店主が料理をパックに入れ終えるのを待って価格を尋ねる。

「いくらですか？　三十五バーツでいいの？　じゃあ四十バーツで。チップ、チップ！　それで次に来た時は大盛りにおまけしてくださいね」

楽しげな笑い声に、いたずらっ子のような表情。普段なかなか見ることのできない彼の姿に、ついまじまじと眺めてしまったコングポップは、彼に見つかるかもしれないと思い出して慌てて頭を下げた。

だが、どうやら今日は運が良かったようだ。ヘッドワーガーはパックが入った袋を受け取ると、すぐにその場をあとにした。罰を受けずに済み、安堵の息を吐く。

今日はヘッドワーガーの新しい一面を発見した。彼も他の人と普通に会話ができるのだ。しかも、その愛嬌のある話し方はグラウンドの真ん中で一年生を怒鳴りつけている時とは別人のようだった。

そして、コングポップにはもう一つわかったことがある……ヘッドワーガーは、ピンクミルクが本当に好きだということだ。

19：45　コングポップは宿題をする

コングポップは宿題を済ませると、借りてきた映画から一つを選び、鑑賞しはじめた。

ネット上には無料で観られるものもあるが、彼は正規のルートで映画を観ることにしている。お気に入りの作品はＤＶＤを買って手元に置いておきたいし、特にトレンド外の映画はダウンロードしたくても見つけるのが難しい。

それに、彼はパソコンの小さな画面よりも、テレビで映画を鑑賞する方が好きだ。大きな画面に映る鮮明な映像は、映画館で観ている気分になれる。新作が公開されれば映画館にそれを観に行く。映画館には友達と一緒に行くこともあれば、一人で行くこともある。彼はタイのテレビドラマよりも映画にハマっているのだ。

そして、コングポップは他の人など気にせず映画に集中するのも好きである。そしてたっぷり二時間、映画の世界に没頭して過ごすのだ。

21：30　コングポップは映画の鑑賞を終える

伸びをして凝りをほぐし、シャワーを浴び、歯を磨いてから、タオルを干すためにベランダに出る。すると、突然向かいの寮のベランダのガラスドアが開き、誰かが外に出てきた。

コングポップは慌てて部屋に引き返し、開きかけのカーテンの隙間からこっそりと観察する……食堂で見かけたあの人。でも今は、洗濯かごを持ってベランダで洗濯物を干している。

そう……コングポップはかなり前から知っていたのだ。ヘッドワーガーは、彼の部屋からわずか十五メートルほど離れた寮に住んでいる。しかも驚くことに、偶然にも彼らは二人とも同じ六階に住んでいて、ベランダがちょうど向かい合わせになっていた。

実は以前にも、今日と同じようにヘッドワーガーがベランダに洗濯物を干しているところに遭遇したことがある。最初に見た時は自信がなかったが、眺めているうちに本人で間違いないと確信したため、彼はヘッドワーガーに気づかれないように急いで隠れ、そして自分の部屋からこっそり様子を窺うようになった。

コングポップはおかしくなったわけでもストーカーでもない。しかし彼がワーガーの行動にこっそり見入ってしまうのは、これまで見たことのない表情が見れるからだ。

今もそうだ……普通の人は二十一時に洗濯物を干したりしないだろう。集中してせっせと洗濯物を干し、かがんでかごから服を取り出すたびに、落ちてくる髪を鬱陶しそうに振り払うのが見える。しまいに我慢できなくなったようで、いったん部屋に戻って、再びベランダに出てきた時には、髪を適当に後ろで括り、入りきらなかった前髪は洗濯バサミで留めていた。そうして快適に洗濯物干しを再開するのだ。

しかし途中で洗濯バサミが足りなくなり、自分の前髪を留めていたものを外そうとして髪の毛に絡ませてしまい、取ろうとすればするほど外せなくなっていく。

向かいの部屋の住人の苛ついた様子に、コングポップは思わず笑みをこぼしてしまった。彼は絡まる髪をそっとほどき、やっとのことで洗濯バサミを外す。戦いに勝ったような少し誇らしげな表情で洗濯物を干し終えると、嬉しそうに部屋に戻っていった。

……自分の行動の一部始終をコングポップに微笑ましく見つめられていたなんて、少しも知らずに。

22：30　コングポップは就寝する

……ベッドに入ったが眠くない。何度も寝返りを打ったが、一時間近く経ってもまだ眠れなかった。理由はわからないけれど、夕方に飲んだコーヒーのせいかもしれない。

二十三時三十分を告げる時計を見て、ベッドから出ることにした。机の引き出しを開け、タバコとライターを手に取りベランダの外に出る。タバコに火をつけ、肺いっぱいに吸い込んで吐き出すと、白い煙が空中に浮かび上がった。

コングポップは酒を飲むこともタバコを吸うこともあるが、それは人から勧められた時や、ストレスを解消したい時だけだ。自分の身体によくないと知ってはいるが、少なくとも頭の中をスッキリさせてくれる。

向かいの部屋に目を向けた。カーテンの隙間から漏れる明かりは、その部屋の主がまだ眠りに就《つ》いていないことを示している。

彼はいったい何をしているのだろうか。レポートを書いているのか、映画を観ているのか、ネットサーフィンをしているのか、知りたいと思う。

恋人と電話しているのか、なんて……。

最後に頭に浮かべた憶測が胸に引っかかった。コングポップは複雑な気持ちになり、タバコを大きくふかさずにいられなかった。なぜあの人に恋人がいるかどうかなんてことを気にする必要があるのだろう。あるいは、人恋しさを感じてこんな馬鹿なことを考えてしまっているのかもしれない。

別の可能性に思い至るより先に、向かいのベランダの窓が開き、そこから人影が現れた。コングポップはとっさにしゃがんで身を隠す。それから、暗闇に隠れてゆっくりとベランダの柵から顔を上げた。

そこから見えたのは……向かいの部屋の住人がバスタオルを干している様子だった。シャワーを浴びたばかりなのだろうか、髪が濡れていて、ご機嫌な様子で何かを口ずさんでいる。その歌声が、夜風に乗ってそっと聞こえてきたような気がした。しばらくすると彼は部屋に戻り、ほどなくしてカーテンに透ける明かりが完全に消えた。

コングポップはゆっくりと立ち上がり、暗くなった部屋をじっと見つめた。

……これだから、向かい側の部屋に住んでいることをあえて言っていないのだ。そんなことをしたら、ヘッドワーガーの本当の姿——チアミーティングで一年生に見せるものと正反対の、彼の本質を見る機会を失ってしまう。

……そしてこれが、コングポップがヘッドワーガーを一度も恐れたことがない理由だった。それに、彼はこのことを自分の中にしまっておこうと誓っていた。この秘密は、決して誰にも言うことはない。

コングポップはベランダの柵でタバコの火を消し、吸い殻をゴミ箱に捨ててから部屋に戻り、ベッドに横になる。ようやく眠くなってきて、目を閉じる前に向かいのベランダにいた人のことを思い出した。

……あの人はもう眠っているだろう。

だけど、それでも僕は今日の終わりに、この言葉をあなたに届けたいと願う。

24：00

……おやすみなさい、良い夢を《ファンディーナ》、アーティット先輩。

一年生規則第八条
ワーガーに自分の力を証明すること

「ガイヤーン〔焼き鳥〕が焼かれるよ！　ガイヤーンが焼かれるよ！　串に刺されちゃう、ぎゃっ！　串に刺されちゃう、ぎゃっ！　左のお尻に刺さる！　右のお尻に刺さる！　ほんとに熱い！　ほんとに熱い！　ほんとに熱い！　わ〜！」〔タイで有名な焼き鳥の歌〕

……にぎやかで楽しい時間……レクリエーション班の先輩たちの出番が来た時はいつもこうだ。

一年生たちははしゃぎ倒して思いっきりエネルギーを解き放つ。ワーガーに罰せられることで受けたストレスを発散しているのだ。彼らは五分間の空気椅子を終えたばかりで、辛うじてまっすぐ立てているような状態だが、それでも、太鼓の音に合わせて踊り狂う一年生たちを止められるものは何もない。むしろ罰が重いほど勢いは激しくなり、こうして彼らはレクリエーション班の先輩たちが仕切るまで、めいっぱいの力で踊り続けた。

「オーケー！　今日のチアミーティングはここまで！　それから、フレッシーゲームに参加する者は夜七時に体育館で申し込みをするように！」

後輩たちが忘れてしまわないよう、彼らは大切な連絡事項を繰り返す。

なぜなら、間もなく全ての一年生にとっての一大イベントであるフレッシーゲームが開催されるからだ。それは、大学内の全ての学部の学生がスポーツを通じて交流するイベントで、各学部の応援団《チアリーダー》によるパフォーマンスも行われる。彼らはこのイベントのために約一カ月間、一生懸命に練習をしてきたのだ。

コングポップは同級生たちと解散する支度をしていた。もうすぐ十八時半になる。彼は空腹を満たすために夕飯をとりに行くつもりだったが、チアルームから出る前にエムに呼び止められた。

「おい！　コング、ちょっと待って」

コングポップは足を止めて振り返り、急いで近づいてくる彼を待つ。

「お前空いてるだろ？　俺、バスケで申し込みたいんだよ。一緒に出てくれない？」

エムがコングポップを誘うのは不思議ではない。こう見えてエムは高校の時バスケ部の選手だったのだ。放課後などの空いた時間に、コングポップはよく練習に付き合っていた。そのほとんどは後輩たちと遊んでいた程度だが、運動会など、校内での重要な試合で勝つために彼が充分練習していたことは知っていたため、コングポップはあっさりとうなずいて応えた。

「あぁ、いいよ。でもまずご飯を食べに行こうよ、一緒に行くだろ？」

コングポップは〝腹が減っては戦ができぬ〟というモットーを掲げた。メンバーの選抜では、ちょっとした実技を見せなければならない。そこで彼らは学食で食事をとり、チアミーティングに参加したことで使い果たしたエネルギーを補給した。

食事を終えると約束の時刻を少し過ぎていたので、彼ら二人は体育館に設置された申し込み場所へ急いで向かう。一歩足を踏み入れると、そこは立って待っている人で溢れていた。全て工学部の学生で、一年生だけではなく先輩たちもいる。すると彼らの中から、ふくよかな体型のミニーがすぐに声をかけに来た。

「あらぁ！　コングポップくん久しぶりね。お姉さん会いたかったわ！　今日はどうしたの？」

「こんばんは、先輩。僕と友達で、バスケの申し込みに来ました」

コングポップは丁寧に答えながら手を上げてワイをした。しかし、その言葉にミニーは悲鳴を上げる。

「ねぇぇぇ！　バスケに申し込むの？　でもぉ、大学のムーンも戦わなきゃいけないのよ？　大丈夫なの？」

……あぁ、そうだった。フレッシーゲームにはスポーツ競技や応援団《チアリーダー》の出し物の他に、一大イベントのスター&ムーン・コンテストもあることを、彼はすっかり忘れていたのだ。

彼が図らずも工学部のムーンになったのは、新入生による決議を通さないミニーのゴリ押しの結果だった。それ故、大学のウェブサイトに載っている写真やインタビューを見て、初めて学部のムーンが誰なのかを知った同級生も多かった。エム自身も思い出したようで、慌てて言う。

「そういうことなら、やめといた方がいいよ！　俺、お前がムーン・コンテストにも出なきゃいけないってこと忘れてた」

しかし、コングポップは頭を横に振り、彼の助言を拒否した。せっかく来たのだから、できれば申し込みたい。彼は振り向いてミニーに許可を求めてみた。

「えっと、補欠としてなら申し込んでもいいですか？」

「う～ん、補欠ならいいわよ！　二、三分でも出場すれば、人気も出ちゃうかもしれないしね。……そうだ、パフォーマンスの準備はできているの？」

……またもや彼は忘れていた。大学のスター&ムーン・コンテストは外見だけで選ばれるわけではなく、能力も評価の対象だ。そのため、出場者はそれぞれ、ステージ上で五分以内のパフォーマンスを用意しなければならない。だがコングポップは自己紹介以外に何をすればいいかわからず、ステージに五分立つどころか五秒だけでも難しいと思っていた。

しかし、ミニーの期待に輝いた目を見ると、彼は嘘をついて誤魔化さざるを得なくなるのだった。

「まだ準備はしていませんが、いくつか考えてあります」

「あら！　それなら早く決めてしまいなさいよ！　どうすればいいかわからなくなったらいつでも相談してね、助けてあげるから。今年は絶対にあなたを優勝させるわよ！　心配することないわ、お姉さんを信じて！」

ミニーはまるでミス・ユニバースのマネージャーのごとく自信を持って話したが、一方のコングポップはぎこちなく微笑むしかなかった。彼は少しも心配はしていない――それどころか、大学のムーンという称号に興味さえなかった。こんなに面倒だと知っていたら、最初から辞退していただろう。

「なあ、早く申し込みに行こう！　間に合わなくなるぞ」

エムが話を戻して当初の目的を思い出させると、コングポップはうなずきミニーに断りを入れた。辺りを見渡すと十人近くの一年生が集まって混雑していたため、申し込み場所はすぐ見つかった。受付には申込書を持った女の先輩が立っていて、そこで参加者の名前と連絡先を記入するようだ。

そして二人が目当ての場所まで向かおうとしたその時――背後からの騒がしい声にコングポップは振り返り、そちらを見た。そして、その原因を目にしてしばし黙り込んでしまった。

十人以上の工学部三年生が体育館の扉から入ってきたのだ。無表情でいるだけでその場に重苦しい低気圧を作り出している彼らに、後輩たちは皆道を譲った。

中には他の学科の先輩もいるらしく、何人かは見覚えがない。だが、一年生を完全に無視している彼らを先導する存在は、よく知っている人物だった。

――ヘッドワーガーのアーティットだ。

コングポップが目で追っていると、アーティットは受付のテーブルの女性スタッフに小声で何かを伝える。すると彼女は体育館全体に聞こえるような大きな声で言った。

「スポーツ競技に参加する一年生はここに集まってください！」

わけがわからないながらも、一年生たちにはこれから何が起こるのか、だいたいの予想がついた。先輩たちが不穏な空気と共に現れたのだから、良いことが起こるはずがない。

そしてその予想は現実のものとなった。コングポップとエムを含めて、三十人ほどの一年生が受付に集まると、先輩たちの話す声がかすかに聞こえてくる。

「これだけか？」

「これじゃダメそうだな」

「俺もそう思う」

先輩たちの酷評を聞いた一年生たちは、肩身の狭い思いをしながらも、大人しく床に座った。そして皆が揃うとアーティットが前に出て、冷ややかな表情で一年生を見渡し、本題に入った。

「ここに君たちを集めたのは、我々が練習に付き合うためでも、指導するためでもない。それは君たちの間で、各々ですべきことだ。今日私が来たのは、君たちに知らせておきたいことがあるからだ。フレッシーゲームが始まって以来、我々工学部はずっと一位を取り続け、負けたことはない。つまり、毎年優勝しているんだ！　その記録がお前たちの代で途切れることのないように！」

一年生たちは黙り込み、三年生たちが来た理由を理解した。彼らは工学部のこれまでの輝かしい功績を新入生に伝えに来たわけではない。遠回しに〝絶対に優勝しろ〟と圧力をかけているのだ。

だが、フレッシーゲームは本来、他の学部との交流を深めるためのスポーツイベントだ。そのつもりでいる学生は、心の中で抗議の声を上げているに違いない。

耐えられなくなったのか、一人の一年生が立ち上がって意見を申し出た。

「ですが、フレッシーゲームは団結力を高めるための活動で、勝つことだけが目的ではなく、負けることや許すことを学ばせるためのものではないのですか？」

アーティットは声の元を探した。コングポップの姿が見えたため、またやつがヒーローになりたがって発言しているのかと思ったが、実際の発言者は彼の近くにいた別の一年生だった。見慣れない顔だから別の学科だろう。

その一年生は先輩を恐れることなく、むしろ挑発しているかのような口調だった。彼の言葉に、ワーガーの一人であるプレームが真っ先に反応した。

「そのつもりで来たのなら、家に帰ってママのおっぱいでも飲んでいるんだな！」

「おい、先輩！　普通に聞いているのに、人の母親まで侮辱するんですか！」

嫌みを言われた彼は先輩に敬意を示すことなく、不満を露わにする。そして彼の反応にプレームもすぐ怒鳴り声を上げた。

「おいお前、調子に乗りすぎだろ！　誰が先輩で誰が後輩か弁えろ。それともやんのか？」

「やってみろよ！　受けて立つぜ。先に生まれたからって上手《うわて》とは限らないだろ」

「なんだと！」

後輩に喧嘩を売られたプレームは、拳を握りしめて彼に詰め寄る。アーティットは慌てて二人の間に入り、プレームを引き留めた。

「おい、やめとけ！　プレームじっとしてろ！」

「聞いてただろ！　こうやってデカい口を利くやつは、叩きのめして思い知らせてやらないと！」

「よく言うぜ、かかってこいよ！」

売り言葉に買い言葉で、二人は激しく罵り合う。どちらも袖をまくり上げ、もう拳を交える寸前だ。近くに座っていたコングポップも立ち上がって、なんとか同級生を落ち着かせようとした。

「ちょっと落ち着けって」

「どう落ち着くんだよ！　俺は普通に質問しただけなのに、ふざけたこと言いやがったのはあいつだ！」

強い声で怒鳴った一年生の、特に最後の一言は、プレームの怒りの炎に油を注いだ。

「クソが！　消えちまえ！」

プレームはそう言うと、押さえていたアーティットの手を振りほどこうとする。アーティットは我慢の限界に達し、止めるよう怒鳴り声を上げた。

「もうやめろ！　二人ともだ！　野良犬みたいに吠《ほ》え合って恥ずかしくないのか！」

その言葉で、ざわめいていた体育館は一気に静まり返る。同時に、自分たちがここにいる全員の注目の的になっていることを、喧嘩をしている本人たちに気づかせたようだ。

アーティットはプレームから手を離すと、その一年生に対し、先に沈黙を破った。

「理由を知りたいんだよな？　なら、私が教えてやる」

ヘッドワーガーは床に座っている一年生たちへ向き直り、全員にはっきりと聞こえる声で話しはじめた。フレッシーゲームが、なぜ重要なのかを。

「君たち一年生にとって、このフレッシーゲームはただのスポーツイベントかもしれない。だが私たちにとっては、君たちが工学部にふさわしいかどうかを見極める重要な機会なんだ。もしこの大会に真剣に取り組まず、実力不足を初めから諦めているのなら、君たちに工学部の一員になる資格はない」

アーティットはワーガーとしてではなく、工学部の先輩として話していた。

……実はアーティット自身にも、これまでずっと工学部が優勝してきたという確証はない。だが、彼も一年生の時、フレッシーゲームのバスケットボール競技に参加し、同じように先輩から圧力をかけられたのだ。そして、彼らは参加した全ての試合で勝利を収め、工学部に優勝をもたらした。今ここにいる三年生たちはその時一緒に戦った戦友たちだ。

……こうして、それは受け継がれるべき伝統となった。優勝することは、工学部の精神を証明する機会でもあり、大学で学生数が最も多い学部の誇りでもある。人数の少ない学部への敗北ほど、恥ずべきことはないのだ。

「僕たちは絶対に勝ちます！」

そう叫んだ学生に、アーティットは目をやった。今度こそヒーロー気取りの常習犯による犯行である。

コングポップは同級生から手を離して彼の横に立ち、堂々とした様子でアーティットに向き合っていた。アーティットは冷たい目で彼らを見ながら、挑発するように言った。

「ふん、デカい口を叩くな！　覚えておけ、君は学年の代表者として、一年生全員の責任を負っているんだぞ？」

「わかっています。だから言ったんです。僕たちは絶対に勝って、一年生にも工学部の誇りがあることを先輩に証明します。絶対に工学部に恥をかかせません！」

コングポップの態度に反発や挑発の色はいっさいなく、完全に自信によるものだった。

そして彼の言葉は一年生たちを刺激し、彼らの心にも火をつけたようだ。

一年生たちは皆、先輩たちをまっすぐな目で見据えている。

「それでいい。お手並み拝見だな」

アーティットはそう言うと、三年生の方を向いてうなずいた。彼らは用事が済んだとばかりにぞろぞろと体育館を出ていき、一年生たちは安堵のため息を吐く。しかし退出したワーガーの中でも、ある一人の心の中は怒りに燃え、体育館から出た途端に不満を押さえきれず爆発させた。

「くそっ！　あの一年を懲らしめてやるつもりだったのに、なんで俺を止めた！」

ブツブツと不満をぶちまけているプレームは土木工学科専攻で、荒々しいタイ南部の血が流れており、彫りの深い顔立ちをしている。アーティットはこれ以上彼の愚痴を聞いていられず、仕方なく先ほどの状況を説明して彼を注意した。

「体育館には大勢の学生がいるのに、殴り合いになっていたらどうするつもりだ。数百人も目撃者がいるんだぞ？　すぐに教授の耳に入るだろ。よく考えろよ！」

「まあ……確かにそうだな……ところでもう一人のイケメンはお前の学科の後輩か？　お節介なやつだな」

急に話題を切り替えられた。おそらく、コングポップの口振りからそう察したのだろう。アーティットはぞんざいにうなずく。

「あぁ、いつもあんな感じだ。うんざりするほど罰を与えてきたよ」

彼には、もう二度とヒーロー気取りの真似をするなと警告したはずだった。しかし正直なところ、今回は不可抗力であったとアーティットも理解している。もし誰も止めに入らなければ、一年生と三年生の関係はさらに悪化していただろう。何しろ引き金を引いたのは、口が悪くて喧嘩っ早いこの同級生なのだから。

「けっ、そんな生意気で、ここでやっていけると思ってるのかよ！」

アーティットは、プレームの嘲笑する声を聞いて歩く足を止めた。プレームは、未だに件《くだん》の後輩に対する怒りが収まらず、一年生は皆生意気だと思い込んでいるのだろう。

しかし、アーティットはよくわかっている――その考えは間違いだと。

特にコングポップは……。

「……あいつを甘く見るな」

アーティットはプレームの後ろで、ぼそりとそうつぶやいた。前を歩く彼は聞き取れずに、振り向いて聞き返す。

「今なんて言った？」

「なんでもない」

アーティットはそう答えると、何事もなかったかのように足を速めた。

もやもやしていた気持ちが苛立ちに変わり、抜け出すことができない。三年生の先輩としてコングポップを見てきたからこそ、プレームの言葉にひどく腹が立っている。なぜなら、強く信じているからだ……。


――コングポップは、必ず勝つ。

一年生規則第九条
ワーガーとの約束を守ること

「おい！　コング！　コングポップ！　どこ見てんだよ？　ずっと呼んでるのに返事しろよ！」

エムの声が、上の空になっていた彼の意識を呼び戻し、試合の準備をしているバスケットボールのコートに視線を向けさせた。

コングポップの心はフレッシーゲームの試合に少しも集中していなかった。彼はある人物を待っていたのだ。

……彼に、原点を思い起こさせた人を。

それは昨日のことだった——。


ピピーッ！

ホイッスルが鳴り響き、工学部と教育学部の試合終了を告げた。観客と応援団《チアリーダー》から大歓声が起こる。勝利を手にしたばかりの選手たちも同様だ。

「勝った！　決勝進出だ！　やったー！」

エムは興奮しながら叫び、補欠メンバーのいるベンチに向かってくる。その一方で、コングポップはといえば、元気のない様子で手を上げてふらりとハイタッチに応じるだけで、興奮に沸くコートの雰囲気とは雲泥の差だ。周りがコングポップの様子に違和感を覚え、眉根を寄せた。

「おいコング、浮かない顔してどうしたんだよ？　俺らの勝ちだぜ！　もっと喜べよ！」

「いや、ただ三年の先輩たちが試合を見に来ていないから」

コングポップは肩をすくめ、考えていたことをそのまま口に出してしまった。

実は今日だけじゃない。フレッシーゲームの初日だった昨日から、会場には一年生と二年生の姿しかない。どうやら工学部の三年生と四年生は、他の学部の先輩と違って、後輩たちに関心がないらしい。一年生に優勝することを要求したのは彼らだというのに。

「ふん！　散々ボロクソ言ってきた俺たちが勝ってメンツが傷つくのが怖いんだろ？　ほら見ろ！　結局何も言ってこないじゃん。待ってろよ……優勝してトロフィをもらったら、やつらをぶん殴って鼻をへし折ってやるからな！」

そう言ったのは、手で汗を拭《ぬぐ》いながら歩いてきたワードだった。彼は中国系のタイ人で、一重で大きな目をしている。先日体育館で三年生と揉めていた、コングポップの新しい友人だ。

コングポップとワードは、バスケットボールの練習を通じて仲良くなった。ワードは化学科の学生でSOTUS制度を毛嫌いしており、活動にもあまり出たがらない。

バスケットボールが好きだからという理由で試合に参加したワードは、球技自体が得意で、キャプテンに選ばれるほどだ。しかし彼の最大の欠点は短気なことで、腹を立てるとすぐに先輩たちとぶつかってしまう。今はバスケットボールの試合で優勝して、三年生たちを見返すことを心に誓っている。現に、先輩たちに対する怒りでチームはいっそう団結し、決勝進出することができた。

「いったん帰ろうぜ！　明日は最後の試合だ。先輩たちが来ても来なくても関係ないさ！　勝ったらきっと先輩たちの耳に入るだろうし、やつらのことなんてもう放っておこうぜ！」

エムはコングポップの肩を軽く叩き、コートから離れていった。コングポップはうなずいて立ち上がり、チームのメンバーたちと歩きはじめる。だが、その目はまだ工学部の応援席に向けられていた。

そこでは一年生たちが応援歌を歌っていて、一部の学生は別の会場で行われる試合のためにすでに移動している。

フレッシーゲームは放課後に三日連続で行われ、試合は全て夕暮れ時に予定されている。試合に参加しない一年生たちは、応援席から同級生に声援を送る係だ。サッカー、バレーボール、卓球、バドミントンなどの試合が、トーナメント形式で行われることになっている。

現時点で工学部は無敗。三年生の脅しは、一年生たちが勝ち進む原動力として相当な効果を発揮しているようだ。

コングポップはバスケットボールの補欠メンバーだったが、毎日厳しい練習をこなしてきた。先輩たちに一年生の力を見せると宣言した以上、全力で試合に参加している。だから、三年生に自分たちの実力をしっかり見てもらいたかったのだ。しかし準決勝の試合にさえ、三年生たちは誰一人として会場に姿を現さなかった。

（……あの人も含めて）

彼は試合中であるにもかかわらず、なぜか無意識のうちに応援席を見つめては、いつもあの人物を探してしまっていた。彼が応援席に現れる可能性は低いが、それでもまだ期待を捨てきれずに、あの鋭い目を探してしまうのだ。そして自分の注意が逸れてしまったことに気づき、慌てて試合への集中力を戻しては、そんな自分を心の中で罵っていたのだった。

（……コングポップ！　気は確かか！）

コングポップは頭を横にぶるぶると振り、雑念を消し去って、なんとか気持ちを切り替えようとする。明日の試合に備えるために、帰って休もうと自分に言い聞かせた。

コングポップが同級生たちと別れた時には、ちょうど他の競技も終了しかけていた。そして彼がモーターバイクに乗って寮に帰ろうとすると、時刻はすでに二十時前。試合前にとった夕食はすっかり消化してしまっていたので、寮の近くの屋台に立ち寄って、軽く食べて帰ることにした。

辺りに豚肉のいい香りがして、ムーピン〔豚の串焼き〕の屋台を見つける。

「ムーピン十本と、カオニャオ〔もち米〕一つください」

「今焼いているからちょっと待ってね。すぐ焼き上がるから」

コングポップの注文に、店主のおじさんはそう言って串をひっくり返した。彼は注文前に、すでに焼けているムーピンがないことに気づかなかった。しかし別の食べ物を探すのも面倒なので、そこで待つことにする。

「わかりました」

そう答えると、コングポップは屋台の横で焼き上がるのを待った。ポケットに手を入れて財布を出しながら値段を計算する。その時、後ろから別の客の声が聞こえた。

「おじさ〜ん、ムーピン十本とカオニャオ一つで〜」

「今焼いているからちょっと待ってね。すぐ焼き上がるから」

（今の店主の言葉、さっき自分に言ったのと一字一句同じじゃないか！）

コングポップは興味を引かれて頭を上げ、視線を財布からこちらへ近づいてきたその客へ移した。それはちょうど彼が嬉しそうに店主に返事をしているところだった。

「了解で――」

しかし急に声が途切れる。その声の主であるヘッドワーガーのアーティットもまた、隣で待っていたもう一人の客の正体にようやく気づいたようだ。すると彼は飲みかけのピンクミルクをサッと背中に隠し、先ほどまでのリラックスした表情を厳しいものに変える。コングポップは両手を合わせて、礼儀正しく彼にワイをした。

「こんばんは、アーティット先輩」

「おう」

スイッチが切り替わったかのごとく、店主への愛想の良さとは正反対に素っ気ない返事だった。冷たい口調と、相手にすらしようとしない態度に、和やかな雰囲気が一瞬のうちに気まずいものになる。コングポップはそれに耐えられず、話題を作って話しかけた。

「バスケットボールは決勝に進みました。他の競技も同じく勝ち進んでいるそうです」

「だからどうした！」

コングポップは言葉を失った。とはいえ、試合会場でずっと探していた人と寮の近くの屋台で偶然会えたのだ。勇気を振り絞って話を続ける。

「アーティット先輩は試合に来ていなかったようですし、ご存知ないかと思いまして」

「ふん！　決勝なんてどうでもいいから報告に来るな、優勝してから報告しろ」

こんな台詞は、冷酷無情なワーガーにしか言うことはできないだろう。つまりこれが一年生の試合を見に来ない理由だったようだ。優勝をものにできない一年生なんて、彼にとってはなんの意味もないらしい。

「僕は絶対に優勝しますので、ご心配なく」

コングポップは、まるで映画のヒーローみたいに自信に満ちた言葉を口にした。聞かされた方はたまったものではない。アーティットは呆れて目をぐるりと回した。

（……はいはい、映画の主人公さん、パーフェクトマン！　こいつは〝ノーバディ・イズ・《完璧な人間など》パーフェクト《存在しない》〟という言葉を聞いたことがないのか？　人には必ず欠点や弱点があって、常勝無

敗の人間なんていない。そうでなきゃ、この世に〝負け組〟なんて言葉は存在しないんだよ）

「本当にできるとでも思っているのか？　お前はムーン・コンテストにも出場するんだよな？」

アーティットの何気ない質問の中に、何か含みがあるのをコングポップは感じ取った。その背後になんらかの意図が隠れているのは確かだ。

そしてその予感は的中し、アーティットは彼の答えを待たずに話を続けた。その狡猾な目の奥から、どこか嘲りの色が滲み出ている。

「工学部は参加する全ての試合で優勝してきたという話を覚えているか？　俺に認められたいのなら、全てに勝ってこい」

全ての試合に勝つ。コングポップにとってそれは……ムーン・コンテストも含めて、という意味になる。

スター&ムーン・コンテストで競うのは簡単なことではない。コンテストは外見だけでなく、特技や、その他の能力によって総合的に評価される。そのためグランプリは、ほぼ毎年違う学部が受賞していた。

フレッシーゲームで開催されるイベントの中で、このコンテストは娯楽にすぎない。グランプリを受賞しても、大した賞品を得られないばかりか親善大使も務めなければならず、まさに大学版のミス・ユニバースなのだ。

もし誰かがグランプリを受賞すれば学部の誇りとなる。それでミニーは一年生の投票という段階を飛ばして、力業でコングポップを代表に選んだのだ。

だが、コングポップの方はというと、そもそもコンテストに本気で参加する気はなかった。しかも、十数個ある学部からグランプリに選出される可能性は極めて低い。ヘッドワーガーの出した無理な条件を考えると、唐突に気が重くなってしまう。

アーティットはコングポップが不安げな表情になるのを見て、心の中でせせら笑った。

（こいつがムーンになれないのはわかりきっている。見た目もごく普通で、特別な才能があるわけでもない。できることといえば、ヒーローごっこくらいのものだ。明日こいつが負けたら、一年生全員に罰を与えよう。一年生が他の競技でどれだけの優勝を重ねたとしても、コングポップがムーンに選ばれなければ、俺が出した条件を達成できないことになるからな）

一年生全員の希望は一人にかかっている……この重責を察したのだろう、彼の表情からは笑顔が消え、身体を強張らせて動くことさえできなくなっていた。

すると屋台の店主が声をかけてきた。

「焼けたよ！」

店主はムーピンとカオニャオを入れた袋をアーティットに手渡す。彼は料金を払うと、清々《すがすが》しい気持ちで颯爽《さっそう》とその場をあとにした。

（……これだ！　これが本物のヒーローだ！　相手がどれほど強くても、最後まで笑っていられるのは切り札を握っている方なんだ！　ははは！）

ヒーロー魂が乗り移ったアーティットは、隠し持っていたピンクミルクを取り出して一口飲み、祝杯のように彼へ見せつけた。しかし二歩ほど進んだところで、背後からの声が彼をその場にとどまらせた。

「もし僕が勝ったら、何かご褒美をくれるんですか？」

思わずピンクミルクを噴き出しそうになり、アーティットはむせて何度か咳き込んでしまった。幻聴だろうか？と彼は振り返り、目の前に立っているわけがわからないことを言い出した後輩に困惑しながらも尋ねる。

「は？　どういう意味だ？　なぜ俺がお前に何かをやらなきゃならない？」

相手はため息をつき、今度は穏やかな口調で話しはじめた。

「じゃあ賭けをしませんか？　僕が負けたら、アーティット先輩の言うことを一つ聞きます。逆にもし僕が勝ったら、先輩が僕の願いを一つ聞くんです」

その提案に今度はアーティットの方が黙り込んだ。同時に強烈な怒りが湧いてきて、身体が小刻みに震えはじめる。

（……このクソ一年！　またワーガーを挑発するのか！）

「コングポップ！　この俺相手に駆け引きするつもりか！」

ヘッドワーガーは怒りを爆発させ、大声で怒鳴った。だが、怒鳴られた方は顔に微笑みを浮かべたまま怖がる素振りも見せず、落ち着いた様子で説明を続けた。

「駆け引きじゃないですよ、提案してるだけです。先輩は受けても断ってもいいんです。実際、僕に不利な条件ですし。でも先輩がもし……僕が勝つことを恐れているなら」

前半はともかく、最後の一言が、アーティットの激しい怒りに再び火をつける。

……「深い川は静かに流れる」ということわざがあるように、コングポップは大人しそうに見えるが、何を考えているかわからないところがある。しかもただの水ではなく、アーティットにとって彼は下水も同然だ！　命知らずにも、何度もワーガーを挑発してくるのだから。

（ふっ……その挑戦を受けてやる。お遊びに付き合ってやろうじゃないか。この俺は口にしたことは必ず実行する男だ、誰をも恐れることなどない！）

「いいだろう、提案を受け入れる。お前のようなやつは負けるってわかりきってるからな！」

ヘッドワーガーは感情に任せて賭けに応じつつ、相手を皮肉ることも忘れなかった。しかし、コングポップにはちっとも動じる様子はない。それどころか誘いの言葉を返し、相手を歯がゆいほどに苛立たせた。

「じゃあ明日、忘れずに試合を見に来てくださいね！　そうすれば直接確かめることができますから……僕が負けるかどうか」

「この……っ！」

これまでもコングポップと話すたび、アーティットは怒りのあまり何度も言葉を失い、結局は地団駄を踏みながらその場を立ち去るしかなかった。一方で返事をもらえなかったコングポップは、アーティットの後ろ姿を見送ることしかできない。

……実は、コングポップも、故意に先輩を挑発したわけではなかった。ただ、またうっかり怒らせてしまっただけだ。彼を見ていると、つい揶揄いたくなってしまう。

それに、三年生の先輩たちに試合を見に来てほしかったのだ。バスケットボールだけでなく、他の試合も全部。そうすれば先輩たちに、一年生たちがどれだけ懸命に自分たちの力を証明しようと戦っているのかを知ってもらえるはずだ。

負けた方が相手の要求を受け入れるという賭けは、ちょっとしたお遊びであり、おまけにすぎない。でもこれで、明日の試合で人一倍頑張ることができるだろう。危険な賭けをしてしまったことはコングポップ自身もよくわかっている。だが、こうなった以上、最後まで全力で挑むしかない！　結果がどうなるかは……。

……明日考えることだ。


「おい！　コング！　コングポップ！　何をぼけっとしてるんだ？　どうしたんだよ、さっきからずっとこんな調子じゃないか。もうすぐ試合が始まるぞ」

再びエムに声をかけられて、コングポップは我に返った。今、彼はバスケットボールの決勝戦のコートにいる。前半はスターティングメンバーとして出場し、後半はムーン・コンテストに参加するために力を温存することになっている。

しかし試合に集中することができない。応援席が気になって仕方ないせいだ。

なぜならある人の姿が未だに現れないのだ。

（……先輩は本当に来ないのだろうか）

期待を抱くべきじゃないことは、コングポップにもよくわかっている。ヘッドワーガーのアーティットともあろう人物が、まだ優勝すらしていない一年生ごときに構うはずがない。それでも、自分が提案した挑発的な賭けが効果を発揮するかもしれないと、少しだけ期待もしていた。だが、今のところ全く効果は現れていない。

……彼の作戦はどうやら失敗したようだ。

コングポップは待つのを諦めると、立ち上がってコートに向かった。チームメンバーたちと一緒に掛け声を上げて、士気を高めるためだ。

しかし、彼らが掛け声を出そうとしたその時、工学部の応援席から黄色い歓声が上がり、あまりの騒がしさにキャプテンまで怪訝そうに顔を上げた。

「どうした？」

メンバー全員が声のする方向を見ると、体育館の入り口に人だかりができていて、そこには工学部の三年生と四年生が二十人近くもいた。やってきた彼らは、まっすぐにコートの端まで歩いてきて、スタンディングエリアを占領するつもりらしい。しかしあの雰囲気では、一年生にプレッシャーをかけるために来たようにしか見えない。

「ふん、見に来ないかと思ってたのに。よし！　やつらに俺たちの勝つところを見せつけてやろうぜ！」

ワードは怒りを込めて言いながら、視線を三年生の因縁の相手に向けた。コングポップが探していた人物はちょうどその隣に立っている。キャプテンはメンバーを集めると、これまで以上に大きな掛け声を上げて気合を入れた。

「工学部！　工学部！　ファイト！　ファイト！　行くぞー！」

彼らの掛け声と、応援席から響く太鼓の音で試合の幕が開き、両チームの選手がコートに入場する。今回の相手は理学部で、今大会最強の敵と言っても過言ではない。互いに点を取り合い、追い越しては追い越され、その攻防は試合終了を告げるホイッスルが鳴るまで続いた。

ピピーッ！

全ての視線がスコアボードに集まる。

得点は八十三対七十六――工学部の勝利だ。

「やったー！　やったぞ！　俺たち勝ったんだ！」

コングポップはエムが右手を上げたのを見ると、今回は彼が補欠メンバーのいるベンチまで来るのを待たず自らコートに駆けつけ、その中央で飛び上がって喜んだ。しかも、良い知らせはこれだけでは終わらなかった。ある先輩が観衆に向かって声を張り上げるのが聞こえた。

「なぁ、最新ニュースだ！　サッカーでも工学部が優勝したぞ！　最後のＰＫ戦で勝ったんだ！」

「わあああーっ‼」

興奮に満ちた大きな声が体育館全体に響く。バスケットボールとサッカーは最後に二つだけ残っていた競技だった。他は夕方に終了していて、工学部は全ての競技で勝利していた。

つまり、今年のフレッシーゲームのスポーツ競技は、工学部が優勝を総なめにしたのだ。その事実に、一年生たちは誇らしさで胸がいっぱいになる。

コングポップは密かに三年生たちの反応を観察していた。一部の先輩は嬉しそうにしているが、大部分は無反応だ。特に彼がよく知っているワーガーたちは皆無表情で、嬉しいのか嬉しくないのかさっぱりわからない。だが、それ以上じっくりと観察する間はなかった。すぐにミニーが大きな甘い声で現れたからだ。

「コングポップくぅん！　コングポップくんはどこなの！　……もう！　ここにいたのね、早く来なさい。服を着替えてムーン・コンテストの会場に行くわよ！」

ミニーがコングポップの手を引っ張って体育館を出ようと、三年生たちの傍を通っていく。それはちょうどコングポップに、あの人に近づく機会を与える結果となった。

「コンテストも忘れずに見に来てくださいね！」

コングポップが小声で言うと、ヘッドワーガーは顔を上げてこちらを見た。会話を交わす余裕はなく、次の瞬間ミニーに引っ張られながら体育館を出ていく。だが、コングポップにとって、それで充分だった。

どうしてずっと自分があの人の姿を探していたのかわかった。自分にとって、勝つための原動力がなんだったのかも。

なぜならコングポップは、あの人からただ一つの、単純なものが欲しかったのだ。単純だけれど、彼にとっては大きな意味を持つものが。

それは……あの人からの〝応援〟だ。

一年生規則第十条
ワーガーに秘密を持ってはいけない

ステージの準備が整った……照明も準備万端だ……しかし、コングポップの準備はまだできていない。

「こんばんは！　皆さんお待ちかねの時間がきました。スター&ムーン・コンテストが間もなく始まります」

野外ステージから二人の司会者の声が聞こえる。続いて観客の熱狂的な声援が響き、会場が満員になっていることは見なくてもわかった。コンテストが終わったあと、有名バンドによるライブがフレッシーナイトで行われるのだ。

一年生だけでなく、他の先輩たちもそのライブを楽しみに参加している。そして自分の学部のムーンとスターの応援も兼ねているので、会場に集まった観客たちは興奮に包まれ、視線をステージ上に向けていた。

……しかし、この盛り上がりと、ステージ裏にいるコングポップの心境は正反対だった。

正直言って、彼には自分が勝てる自信がなかった。ムーン・コンテストで優勝するということは、チームワークに頼れるスポーツ競技のように簡単な話ではない。スターとの共演パフォーマンスもあるものの、最終的な評価は個人の魅力によって決まる。つまり、個人競技と同じなのだ。さらに、ある人物との約束が、彼の肩に重くのしかかっていた。

ただ、誰のせいにもできない。全ては自分から言い出したことだからだ。ヘッドワーガーにグランプリを取ると宣言したからには、もし落選すれば、相当に悲惨な罰が与えられるだろう。アーティットはずっと目の敵にしてきた自分を罰することで大いに満足するだろうし、他の一年生たちを罰する格好の口実になる。自分だけならまだしも、同級生全員の責任を負わなければならないことは、彼にとってかなりのプレッシャーだった。

（……アーティット先輩にあんなことを言って挑発するのは、正しかっただろうか？　自分はただ、いじわるしたかっただけだ）

コングポップは真面目な表情でため息をついた。そんな彼のあからさまな様子を見て、隣で衣装の世話をしていたミニーが声をかける。

「コングポップく〜ん、緊張してるの？　そんなに難しい顔して。ダメよ笑ってないと！　笑うのが難しければ、賞品を想像してみて！　今年はいっぱいスポンサーがついてるから、グランプリを取ったら、きっと大満足するわよ！」

（グランプリを取ったら？　……そうだ、もしそうなったらアーティット先輩は自分の言うことを聞かなければならない）

今はまだ何を要求するか思いつかないが、ヘッドワーガーのイライラしている顔を思い浮かべるだけで自然と微笑んでしまう。もちろんその表情をミニーは見逃さなかった。

「あら……賞品の話をしたら、笑顔になって目がキラキラしてきたわね！　現金な子！　でもその笑顔でいいのよ、とっても魅力的だわ！」

「工学部の準備は整いましたか？　上がってスタンバイしてください」

ステージ裏からのスタッフの声に促され、ミニーは急いで彼と工学部のスター――プレーパイリンの背中を押してステージに上げ、励ましの言葉を口にした。

「行ってきなさい、後輩たち！　頑張るのよ！」

次のショーに切り替えるため、ステージ上の照明がいったん暗くなり、コングポップは観客をちらっと見た。ステージ上からでは薄暗い客席の様子はほとんどわからないが、あの人はきっと来てくれるはずだ。彼は深く息を吸い、やるべきことに集中した。

ショーが始まる……。


「いつもはこんなのに興味ないだろ？　なんで俺を連れてきたんだよ」

アーティットはプレームの愚痴を、買ったばかりのルークチンピン〔つくねの串焼き〕を食べようとしながら聞いていた。彼らはステージや一年生たちがいるスタンドからある程度離れた、ドリンクや軽食を売っている飲食エリア付近に立っていた。観客のほとんどはスター&ムーン・コンテストのショーを観るためにステージ周辺に集まっているため、ここの辺りには人が少ない。

アーティットは彼にここへ来た理由を伝え、ショーには微塵も興味がないことを主張した。

「俺はこのコンテストのあとのライブを観に来ただけだ！」

「へぇ……ライブを観に？　お前が俺に電話して呼び出したのは六時だぞ！」

友人からの文句に、アーティットは思わずぐっと喉を詰まらせる。

十八時に授業が終わり、教室をあとにするとアーティットはすぐにプレームに電話して、バスケットボールの試合を観に行こうと誘った。ショップシャツから私服に着替えもせず、夕食をとる時間すらもなくここに来て、こうして買い食いで空腹を満たしている。

だが、アーティットも言われっぱなしではない。なんせ相手にも、事を大きくしてしまった責任がある。

「お前が言うな。本当は来たかったんじゃないのか？　お前一人にしか電話してないのに、ノンたち十人ぐらい連れてきやがっただろ」

文句を言い返された彼は押し黙り、八つ当たりのようにアーティットの手からルークチンピンを奪い取ると口に放り込んで、素早く頭の中で言い訳を考えた。

「俺は後輩たちに圧をかけるためにあいつらを連れてきただけだよ。大人数で囲んだらプレッシャーで負けると思ったんだ。あいつが勝つなんて思ってなかったから、メンツ丸潰れだぞ。このコンテストでも優勝されたら、マジで最悪だよ！」

「ふん、あいつはグランプリなんか取れっこない！」

アーティットは自信満々に結果を予想し、その顔にはニヤリと得意げな笑みが浮かんだ。

（スポーツ競技はまだ可能性があったが、ムーン・コンテストでの勝利は難しいだろう。あいつは人に見せられる特技は何もないようなやつだ。顔も平凡だし、口先だけ。絶対に勝てるはずない。負けたら一生忘れられない恥ずかしい罰を全員の前でさせてやる……待ってろよ、００６２野郎！）

「続きまして、工学部のスターとムーンの登場です」

歓声にアーティットは思考を中断し、ステージの方を振り向いた。ほとんど何も見えなくなるまで照明が暗くなり、さらに最後列からは実物が小さいので、スクリーンに映った映像を眺めるほかない。

盛大な歓声と拍手が湧き上がり、ステージ上のスポットライトが徐々に明るくなって、工学部のスターとムーンの姿が照らし出されていく。

コングポップは明るい色のシンプルなシャツと、濃い色のジーンズを身につけている。ルークトゥン〔タイのカントリーミュージック〕のダンサーのような派手なスーツを着ている他の参加者たちと比べると、まるでモブキャラのようだ。一方でプレーパイリンは可憐なドレスに花の形をあしらったティアラをつけて、可愛らしいルックスに仕上げている。

「こんばんは！　僕たちは工学部からの代表です。今日は歌を披露させていただきます。歌える人は僕たちと一緒に大きな声で歌ってくださいね」

（……チッ！　何をするかと思ったら、歌かよ。ひねりがなさすぎる）

アーティットはこっそり彼を嘲笑う。ステージから興味が薄れ、ルークチンピンをもう一本食べはじめ、歌が始まるのを待った。

しかしコングポップが歌いはじめると、思わず手からルークチンピンを落としそうになりながらも、彼を瞬きせずに見上げた。こんな歌を披露するなんて信じられない。これは小さい頃からよく毎週末の朝に九チャンネルで放送されていた、日本のアニメの主題歌だ。

コングポップとプレーパイリンは一節ずつ交代で歌った。辺りには聴衆の楽しげな笑い声と熱唱する声が響き渡っている。

すると曲のテンポが上がり、違う曲のイントロ部分が流れ、一部の観客から歓声が上がった。多くの人が聞き覚えのある洋楽だったからだ。

ステージ上のパフォーマーは、歌いながら曲の振り付けを踊っていた。観客たちも大盛り上がりで、皆が音楽に合わせて踊っている。

アーティットはその様子にひどく驚いた。

実際、コングポップとプレーパイリンの歌はそれほどうまいわけではないが、そのパフォーマンスには人を楽しませる力がある。観客全ての視線を引きつけ、短時間で皆が一体になるほどだ。

あっという間に曲が終わり、ステージの照明が少しずつ暗くなっていく。ステージ中央の一部にだけスポットライトが当たり、スタッフが椅子とギターを持ってくる。

コングポップがマイクを持って説明を始めた。

「もう疲れちゃいましたか？　ラストはスローテンポの曲を聴いてください。まだ声が嗄《か》れてなければ、一緒に歌ってくださいね」

アーティットは、ギターはコングポップに手渡されるのだろうと思っていたが、彼は手を振りそれをプレーパイリンに渡すように促した。彼女が椅子に座ってギターの弦を調節するところを見て、観客たちは驚きにざわめく。ほとんどの場合、男性がギターを弾いて、女性が歌うものだからだ。

彼らが用意したこの小さなサプライズは観客を引きつけ、再び歓声を呼び起こした。

ギターの音と共に、コングポップは柔らかく低い声で、甘いラブソングを歌いはじめる。

その歌にアーティットは動くことができず、静かに聴いていた……。

「ずっとあなたを見てきた
でも勇気がなくて　いつも目を逸らしてしまう
いつかあなたが気づくのが怖いから
僕が隠している本当の気持ちに
誰にも言ったことがない　僕の秘密

もう隠しきれない
あなたに近づくほど気持ちを伝えたくなる
目が合うたびに心が揺れる
この愛を隠し続けるのはとても難しくて
あなたの心の中の秘密に　僕はいるのだろうか
どうかあなたの気持ちを教えてください

あなたの言葉を気にしすぎて　こうして一人考え込んでしまう
だってあなたはとても素敵な人だから
あなたを愛しているという言葉を
いつまで隠しておかなければならないの

誰にも言ったことがない　僕の秘密
もう隠しきれない
あなたに近づくほど気持ちを伝えたくなる
目が合うたびに心が揺れる
この愛を隠し続けるのはとても難しくて

あなたの心の中の秘密に　僕はいるのだろうか
どうかあなたの気持ちを教えてください……」

最後の一音が拍手と共に消えてゆき、工学部代表によるショーは無事に終わった。

予定通り最後に司会者がステージに上がり、インタビューを始める。

「工学部のショーもこれで終わりとなりました。多くの方が歌に聴き入っていたと思いますが、まずはお二人がなぜこの三曲を選んだのか理由を聞いてみましょう」

「これらの曲を選んだ理由は、僕たちの生きていく過程をそれぞれが表していると思ったからです。最初の曲はまだ子供の頃。二曲目は大人になっていくことを意味しています。そして大人になったら、誰かを好きになるようになります」

コングポップの答えの中でも、特に最後の一言は大歓声を呼んだ。少しキザだったものの、ロマンチックな仄《ほの》めかしが女子学生たちのハートを鷲掴《わしづか》みにする。

……しかし実際は、この理由は単なる後付けでしかなかった。三曲目はプレーパイリンが高校生の時に練習した、タイのバンドの『秘密』という曲だ。彼女がギターで演奏できるのはその一曲だけだったというのが、選曲した本当の理由だった。

他の二曲は誰もが知っていて、皆で一緒に歌える曲を選んだ。ミニーに提案したところ、その案が新鮮で面白く、他と被ることはないだろうからと後押ししてくれたのだ。何かを見せびらかすよりは観客を引き寄せることができる。出し物が決まってから、コングポップはキーがずれないように歌の練習をし、観客を楽しませることを気にかけた。加えてミニーのアドバイス通りに笑顔をたくさん浮かべていたら全てがうまくいき、その反響は予想をはるかに超えるものだった。

遠くから観ていたアーティットでさえ、ショーを観た客たちの反応の大きさを感じ取っていた。歌が終わっても、観客の熱狂は一向に冷めない。

結果を予想するプレームも例外ではなかった。

「これは次のラウンドに通過するぜ」

アーティットは眉を引き攣らせた。途端に食べる気が失せ、袋に残っているルークチンピンをプレームに押し付ける。しかし、まだ確定したわけではない。

「ただの予選通過だろ。次のラウンドの質疑応答が残ってる！」

口では強がったものの、ここにきて確信が持てなくなってきたのも事実だ。

コングポップは悪知恵が働いて質問に巧みに答えるのが特技だということを、アーティットは忘れていた。そういうやつじゃなければ、後輩を叱っている最中の自分に口答えなんてできないだろう。コングポップのようなタイプは多くの人にとっては好印象に映るから、同級生、観客、さらには審査員までもが、彼の小細工に引きつけられてしまうかもしれない。

案の定、その予想は的中した。コングポップとプレーパイリンは高得点を獲得し、五組だけが残るファイナルラウンドに進んだのだ。

二人は校則通りの制服に着替えて、質疑応答のラウンドに参加するためにステージに並んで立った。彼らは審査員の用意した質問を選んで、自分の意見を述べる。これが次の難関だ。

「続いて、工学部代表のコングポップくんです」

コングポップはボックスへと向かい、七番のクジを引き、質問の入った封筒を持つ司会者に渡した。これもコンテストらしさを作り出すための演出だ。

「では、コングポップくんが引いた質問は……」

司会者は数秒の間を取った。効果音が鳴り、緊張感が高まる。観客は息を呑んで、質問が読み上げられるのを待つ。

「あなたはラップノーンで用いられているSOTUS制度についてどのように考えていますか。制度を廃止すべきかどうかについて、回答とその理由をお願いします」

司会者が告げた答えにくい質問に、客席ではざわめきが湧き起こった。

SOTUS制度についての議論は今注目されていて、デリケートな話題なうえ、コングポップが在籍している工学部ではまだSOTUS制度が根強く続いている。世間では賛成している派閥もあれば、ラップノーンに参加する前の彼自身のように反感を持っている者も少なくない。

この彼の意見を問う質疑において、少しでも回答を間違えたら社会的に終わってしまうだろう。

コングポップはしばらく黙り込み、頭の中で自分の考えを整え、ようやく自分自身が納得できる答えを口にした。

「僕は、世の中の全ての制度には、良い面と悪い面が両方あると思います。これらの制度をどのように使っていくかが課題だと考えています。SOTUS制度には、同級生との団結力を深めることができるという良い面があります。僕たちはそれぞれ異なる学校から集まりましたが、SOTUS制度によって僕たちの共通点をより早く見つけて、打ち解けることができました。僕たちに共通の目標を持たせてくれたんです。

逆に、SOTUS制度を主導する側が、やり方を誤ったり、過激になりすぎたりすれば、一年生は先輩たちを信頼することも尊敬することもできず、場合によっては暴力沙汰に発展する可能性もあると思います。

だから、僕にはSOTUS制度を廃止するべきかどうかを答えることはできません。この制度を主導する側の目的次第だからです。

でも僕が唯一確信を持って言えることは、僕が受けたラップノーンで先輩たちはSOTUS制度を導入しましたが、その一つひとつの行動には必ず理由がありました。それは――僕たち一年生の大学生活を有意義なものにすることなんです」

コングポップはSOTUS制度を支持することも、批判することもなく、自分の考えを理路整然とまとめて、質問の本質にはっきりと回答する。観客たちはその答えにいたく満足し、大きな拍手を送った。

コングポップが「ありがとうございます」と言って所定の位置に戻る様子を、アーティットはスクリーン越しに眺めていた。彼は無言のままステージを背にして、出口に向かいまっすぐ歩いていく。だが、隣に立っていたプレームを残して行こうとしたため、呼び止められた。

「おい！　どこに行くんだよ？」

「ああ、すぐ戻る」

アーティットは短く答えると、他のファイナリストのインタビューや、審査員が結果発表するまでの余興を観ることもせずに人混みから遠ざかった。


去年のグランプリ獲得者たちによる余興が終わると、待ちに待った審査結果だ。

結果は小さな賞から発表されていき、最後にグランプリが発表される。

「次は〝人気投票賞〟を発表します！」

人気投票賞は、参加している観客と、生徒会やOB会をはじめとする審査員ではない関係者が好きなスターとムーンに投票するものだ。今年の女子の人気投票賞は教育学部のスターに決まった。

「男子の人気投票賞を獲得したのは……」

大型のスピーカーから効果音が流れ、会場内には緊張感と期待が高まる。司会者が受賞者の名前を読み上げた。

「工学部代表のコングポップ・スチラクさんです！」

一番大きなスポットライトがコングポップの顔を照らし出す。その二秒後、彼はようやく我に返り、賞を受け取るために列を出た。賞名の書かれたたすきを身につけ、ぬいぐるみと、各スポンサーが提供した招待券などを受け取る。受賞者の記念撮影が行われ、会場は大きな拍手に包まれた。

だがこの時、コングポップが実は不安に苛《さいな》まれていることなど、誰も知らずにいた。

……人気投票賞に選ばれたのは嬉しいが、彼にとってこれは勝利とは言えない。なぜなら、ほとんどの場合、人気投票賞を獲得した者はムーンに選ばれることはないのだ。これは、より多くの参加者に賞を与えるための、慣習みたいなものだった。

そう考えると、コングポップが大学のムーンになれる可能性は限りなく低く、あの人との勝負には負けることになる。

司会者は順番に他の受賞者を発表していくが、やはり彼の名前が呼ばれることはなかった。コングポップの気持ちはだんだんと沈んでいく。

そうして、ついに最後の受賞者の発表となった。これから大学のスターの栄光を手にする者が発表される。

「二五五六年度〔西暦二〇一三年度〕の大学のスターは……工学部代表、プレーパイリン・プティアクソン！」

観客席の工学部エリアからは、ステージが崩れ落ちそうなほど大きな歓声が上がった。当然の反応だろう。ミニーによると、工学部の女子学生が文学部の女子学生を打ち破りグランプリに選ばれるのはとても難しいことで、今回の受賞は工学部の数十年間の歴史で初めての快挙だった。

コングポップはプレーパイリンに拍手を送った。彼女は他の出場者よりオーラがあるわけではないが、可愛い顔立ちに素敵な笑顔、そして自然体なキャラクターが受け入れられたようだ。質問に対する気の利いた返答にも好感が持てて、彼女は大学のスターの座にふさわしいと、きっと誰もが納得していることだろう。

受賞と写真撮影が終わると、会場には再び静けさが戻ってきた。このコンテストの最後の賞が誰の手に渡るのかを見届けるためだ。

「最後に、二五五六年度〔西暦二〇一三年度〕の大学のムーンは……」

コングポップは小さなため息を吐いた。

（……仕方ない……精いっぱい頑張ったのだから）

こうなったら、アーティットからどんな罰を与えられても従うしかない。

だが、アーティットに願い事を聞いてもらえないことは少しだけ残念にも思えた。

コングポップは徐々に暗くなっていく照明を見つめた。緊張感を高める効果音が鳴り響き、受賞者の名前を発表する時がくる。

……優勝者だけがスポットライトに照らされた。

「工学部代表のコングポップ・スチラクさんです！」

まばゆいばかりの照明に再び照らされたコングポップは、急に顔を上げ、驚きを見せた。

（……これは、夢じゃないのか？　信じられない！　人気投票賞とムーンを同時に受賞するなんて！）

その信じられないことが起きたようだ。ようやく我に返った時には、コングポップの肩にはすでにムーンのたすきがかけられ、頭の上には花の冠が置かれていて、手にはさまざまな賞品を抱えていた。

何台ものカメラに取り囲まれ、フラッシュを浴びる。工学部の一年生たちは、皆興奮しながら歓声を上げていた。誰もが立ち上がって太鼓を叩いたり、歌を歌ったりして、飛び跳ねて工学部の勝利を喜んでいる。スポーツ競技でも、コンテストでも、工学部はその全てで優勝したのだ。これは一年生にとって最大の栄誉となった。

こうしてスター&ムーン・コンテストは幕を閉じ、参加者たちはステージから降りた。スタッフたちは代わりにステージに楽器を運び込んでいて、これからフレッシーナイトを締めくくる最後のライブが始まる。

コングポップはステージから降りたあともカメラに囲まれ、写真を撮られ続けた。そこへ、彼らの名誉マネージャーであるミニーが泣きじゃくりながら走ってきて二人を抱きしめた。無理もない。彼女が面倒を見た後輩二人が、なんとグランプリを獲得したのだから。

カメラマンたちは新たに誕生した大学のムーンを取り囲み、コングポップは笑顔を作りすぎて顔が強張るほどだった。彼は一息つくために、隙を見てその場を離れ、ステージ裏から少し離れたところに休憩できそうな静かな場所を見つける。しかし、そこにはすでに誰か先客がいた。

それは予想外の人物だった。

――ヘッドワーガーのアーティット。コングポップの賭けの相手だ。

まさか、これほど早く会えるとは思わなかった。アーティットは、どうやらコングポップを待っていたようで、逃げようとする気配は感じられない。

コングポップはまっすぐ彼のもとに近づき、ＳＯＴＵＳの規定通りに両手を合わせて敬意を示した。だが、口から出た言葉は、その規定から外れたものだった。

「アーティット先輩、僕勝ちましたよ」

「知ってるよ。それで、俺に何をしてほしいんだ？」

さすがはヘッドワーガー、単刀直入だ。とはいえ、表情からは彼が決して穏やかな心境ではないことがわかる。なぜなら彼は後輩との賭けに負けたのだから。

相手が回りくどく話す気がないなら、こっちも率直に応じるべきだと、コングポップもすぐに口を開く。

「じゃあ、僕は……」

本題になかなか入らない言い方に、アーティットの鼓動がだんだん速くなる。緊張ではなく、恐怖によるものだった。

ワーガーのメンツに関わる要求をされるのではないだろうか、と不安だったのだ。だが、たとえどんな要求であっても、負けた以上、賭けの約束を守るプライドはある。

アーティットはコングポップを見つめ、どれだけ内心恐れを抱いていようと目を逸らさず、賭けの勝者の願いが告げられるのを待った。

「……お願いは、今度にします。その時になったらまた言います」

（は？　なんだと！　こんなにハラハラさせておいてそのオチはないだろ）

アーティットが思わず怒りを爆発させるのも無理はなかった。

「なんだよ、後回しにするなよ！　言うならここで全部言え！」

コングポップが返事するより前に、ステージから大きな歓声が聞こえてきた。

招待された有名バンドが、聞き覚えのあるイントロの演奏を始めたのだ。いよいよフレッシーナイトもクライマックスを迎える。

すると突然、コングポップが囁いた。

「良い曲だと思いましたか？　先輩」

いきなり話題が変わり、さっきまで怒っていたアーティットは動揺しながらも、歌を口ずさみながら答える。

「この曲？　何度か聴いたことあるよ、いいんじゃないか」

「違います。僕が歌った曲のことですよ」

付け足された言葉に、勘違いしていたアーティットは少しだけ思い返してみた。

（コンテストで歌った曲！　どの曲だ？　一曲目、二曲目、それに……最後のラブソングは……）

アーティットが最後の曲の歌詞を思い出そうとしていた時、微笑んだコングポップがどこか期待をするように目を輝かせてこちらを見つめていることに気づいた。奇妙な感覚が湧き上がってきて、アーティットはそれを隠そうととっさに大声で吐き捨てる。

「バカげてる！」

コングポップは心の中で笑った。アーティットならそう言うだろうと予想していたからだ。

……アーティットは相変わらず冷酷なヘッドワーガーで、いつだって相手の気持ちなどお構いなしに怒鳴ってくる。だが、コングポップはやはり、コンテストに参加する前からこの人のふてくされたような顔が見たかったのだ。

コングポップはここへ来てようやく、グランプリを勝ち取った喜びを噛みしめた。しかしちょうど彼が他の話題を振ろうとした時、また他の人に中断されてしまった。

「コングポップくん！　生徒会の代表として、少しインタビューしてもいいですか？」

眼鏡をかけた女の先輩とカメラマンの二人組が大声をかけてきた。ずっと捜していた大学のムーンがこんなところに隠れていたのだから無理もない。

コングポップはアーティットともっと話したかったが、相手は急いでその場を離れ、引き留める間もなく去ってしまった。残されたコングポップは、生徒会の先輩から質問攻めに遭う。

「大学のムーンになったお気持ちは？」

「えっと……よくわかりません」

曖昧な回答に、先輩は仕方なく彼を揶揄って、話題を引き出そうとする。

「もう！　わからないってことはないでしょう？　緊張しなかったの？　今のあなたは空の上にある〝星〟と共に浮かぶ〝月〟になれたんですよ」

その発言に、コングポップの心の奥底にあった感情が引き出される。しばしの沈黙のあと、彼は全く別のことを答えた。

「でも、空の上にあるのは月と星だけじゃないですから」

予想外な言葉に相手は疑問を持ち、さらに質問を重ねた。

「え？　じゃあ他に何があるの？」

コングポップは少し微笑みを浮かべ、さっきまでここにいた人物が去った方向をぼんやり見つめて、自分だけしかわからない回答を囁いた。


「……秘密です」

一年生規則第十一条
ワーガーの問題に干渉する権利はない

「……四十四！　……四十五！　……四十六！　……四十七！」

「やめ！　まだ周りの者と揃えることもできないのか！　入学してから今まで何回スクワットを命じてきた？　全く、進歩のないやつらだ。初めからやり直し！　始め！」

　一年生たちは入学してから今まで、同じ台詞を何度となく聞かされてきている。聞き飽きて、もうすっかり麻痺《まひ》してしまったほどだ。

　肩を組みスクワットを始め、いつもあともう少しで五十回に達するという時に、ワーガーが粗探しをして、もう一度初めからやり直しを命じられる。それは無限ループのようにワーガーが満足いくまで延々と続き、反対に一年生たちの心境は疲れきっていく。

　……フレッシーゲームが終われば、状況はよくなると思っていた。フレッシーゲームで工学部は大活躍し、全てのスポーツ競技で優勝しただけでなく、スター&ムーン・コンテストでもグランプリを獲得した。この功績を評価して、ワーガーたちが一年生の努力と精神力を認めてくれると期待していたのだ。

　しかし結局、ワーガーはやはりワーガーだった。塩がいつまでもしょっぱいのと同じように、彼らの横暴な態度に全く変わりはない。一年生の目に映る彼らは、君臨する大魔王のままだ。

一週間後には〝チアミーティングの修了式典〟と〝学部のギア争奪戦〟があり、しかもその後は〝学科の旗争奪戦〟そして〝学科のギア争奪戦〟……と、集大成のようなイベントが続く。そのせいか、訓練はいっそう厳しさを増していた。ワーガーたちは最後の一週間に追い込みをかけて後輩をしごいているようだが、気の毒なのは一年生だ。怒鳴られれば、言われた通りにもう一度やり直すしかないのだから。

そうして、命令された彼らが再び隣にいる同級生たちと肩を組み、スクワットを始めようとしたその時——講堂の扉が開いて、五、六人の男子学生がアイドルグループのようにカッコよく入ってきた。しかしその獰猛で野蛮なオーラはアイドルとは程遠い。見慣れない顔ではあるが、おそらく工学部の四年生だろう。三年生のワーガーたちが、彼らを見るなり背筋を伸ばし、両手を合わせてワイをしている。

「先輩、こんにちは！」

四年生たちはうなずき、講堂の中央に進んだ。ワーガーたちは四年生に場所を譲り、一年生たちに告げる。

「こちらは四年生の先輩だ。全員挨拶！」

一年生が声を揃えて「こんにちは」と大声で挨拶すると、ワーガーが一年生たちを座らせる。

彼らは困惑と不安の中で、最高学年にして最高の権威を持つ者が話しはじめるのを待った。

ラップノーンは通常、二年生がレクリエーションと教育を担当し、三年生が厳しく秩序を維持する役割を持ち、四年生は滅多に干渉しない。この四年生たちは突然いったい何をしに来たのか、目的がわからなかった。三年生ですらこれほど恐ろしいのに、それよりも学年が上の先輩はもっと恐ろしいに決まっている。これ以上罰を与えられれば、その場で全員が息絶え、寮に戻ることすらできなくなってしまうだろう。

座って指示を待つ一年生たちは皆、息を詰めて緊張する。

しかし、思いもよらない言葉が彼らの耳に入ってきた。

「一年生諸君。フレッシーゲームでの君たちの活躍は素晴らしかった。誇りに思う」

（……叱られるどころか、褒められた……⁉）

一年生たちは混乱して互いに顔を見合わせた。褒め言葉を聞くことなんて滅多にないからだ。これまでワーガーたちに散々言葉で精神的なプレッシャーをかけられ、嫌みたっぷりに見下されてきて、一年生の感覚は麻痺しかけていた。それでも言い返すことも反撃することもできない。なぜなら皆、受け継がれてきた規則を守らなければならないからだ。

〝先に来た者は先輩であり、あとから来た者は後輩。一緒に来た者は友人である〟

したがって、あとから来た者は先に来た者に敬意を払い、従わなければならない。

それと同じように、三年生を管理するのは彼らの上級生だ。そして、この場で最高学年の最大権力者である四年生は、沈黙したまま正面に一列に並ぶワーガーたちの方を向いた。

「君たち三年生は後輩たちを処罰しているが、私は君たちが一年生と同じように立派にやっているのかどうか疑問だ。〝三年生が一年生に不適切な罰を与えている〟という報告があった。何度も整列させ、スクワット、うさぎ跳び、腕立て伏せ、そしてグラウンドを五十四周も走らせたようだな！」

最後の言葉を耳にして、コングポップはすぐに顔を上げた。それは自分がワーガーに逆らったせいで受けた罰だ。同級生と一緒に訓練に参加させてもらえなかったり、ネームタグをつけていないせいで二倍の罰を受けたりしたこともあった。だが、そういったことも今では次第に減っていっている。ヘッドワーガーから罰の目的を説明され、警告を与えられてからは、ヒーロー気取りの行動を慎むようになったのだ。それでワーガーたちも彼を訓練に戻し、二倍の罰を受けることもなくなった。

どれも過去の話で、与えられた罰ももう済んだことだ。しかし一年生たちはこれらの罰を与えた人物を今でもはっきりと覚えている。

「ヘッドワーガーは誰だ？」

「私です！」

アーティットは表情を変えることなく一歩前に出た。ワーガーのリーダーを務める者らしく冷静な様子で、四年生が話しはじめるのを静かに待っている。

「一年生に罰を与えた理由を言ってみろ」

「私が一年生に罰を与えたのは、彼らに秩序を守らせるためです」

アーティットははっきりとした声で厳粛に答えた。その理由は誰もが知っていることだが、そもそも罰を与える必要があるのか疑問に思っている者もいる。しかも、何度罰を繰り返しても、ワーガーは一年生の行動に納得しない。それ故ワーガーは秩序を守らせるためではなく、鬱憤《うっぷん》を晴らすために罰を与えているんじゃないかと感じることもあった。

したがって、四年生によって提起されたこの質問は、先輩たちの会話に耳を傾けている一年生たちにとって、知りたいと渇望《かつぼう》している重要な問題だった。

「君たちが秩序を守らせる立場なら、一年生に命じた全ての罰は、当然自分たちも受けることができるはずだよな」

「できます！」

「それなら、我々と一年生に手本を見せてくれ」

四年生のリーダーが話を終えると、アーティットは指示を待つワーガーたちの方へ振り返った。それから、そこにいた全員の心臓が飛び出るような命令を下す。

「ワーガー全員に命じる。スクワット五百回、腕立て伏せ五百回、うさぎ跳び五百回。ヘッドワーガーの私は、これらに加えてグラウンドを五十四周走ります！　始め！」

「承知しました‼」

一斉に大声が響き渡り、ワーガーたちはためらう様子もなく自らに課された罰を受け入れる。

それから彼らは一列に並び、互いに肩を組んで、大声で回数を唱えながらスクワットを始めた。その回数は、これまで一年生に課してきた罰と比べ物にならないほど何倍も過酷だ。一年生たちは目の前の光景に驚くと同時に、心を揺さぶられた。

もちろん、ワーガーが今まで自分たちに課してきた重い罰を受けている様子を、復讐のように爽快《そうかい》な気分で見ている者もいただろう。しかし、ほとんどの場合、他人が処罰されているのを見て笑顔になれる人はいないはずだ。

たとえ今罰を受けているのが、彼らが反抗心を抱き、歯がゆいほど憎んできた相手であったとしても、ワーガーが行ってきたのはSOTUS制度の一部であることを今では皆がよく知っている。それに、一年生に何か問題が発生したら、ワーガーは真っ先に駆けつけて問題の整理と解決を助けるだろう。彼らの存在は、一年生が多くのことを成し遂げる大きな原動力でもあったのだ。

……大袈裟に聞こえるかもしれないが、〝一年生の工学部への誇りはワーガーたちによって生み出されたもの〟であることを認めなくてはならないと、後輩たちは思っていた。

一年生の何人かは、だんだんと今の状況を耐えがたく感じはじめ、コングポップ自身も、手を挙げてワーガーたちの代わりに罰の一部を引き受けられないかと考えるほどだった。

だが、ここにはまだ四年生もいる。そんなことをしては、状況がさらに悪化する可能性もある。何よりもワーガーたちが、一年生の助けなど絶対に受け入れないだろう。

そうして結局、一年生は彼らが罰を受ける様子を辛抱強く座って見ているしかなかった。ワーガーたちは日頃の鍛錬により立派な体格をしている。だが、腕立て伏せ、スクワット、うさぎ跳びを連続して行えば、さすがに疲れを隠すことはできない。どんなに努力しても、身体から噴き出す汗と、ガラガラになった声は隠しようがない。

ヘッドワーガーのアーティットですら、やっとの思いで講堂から出ていった。彼だけに課せられた、グラウンド五十四周を走るという罰を実行しなければならないからだ。

チアミーティングが終わったあと、コングポップは急いでグラウンドへ向かおうとしたが、講堂を出る前に友人たちに呼び止められた。

「コング、どこに行くんだよ？」

「アーティット先輩の様子を見に行こうと思って」

「なぁ、アーティット先輩は本当に走ってるのかな？　お前も走りきらなかったじゃないか」

エムの言葉は事実だ。コングポップ自身もそのことを考えていた。

……実際にコングポップは五十四周を走り終えてはおらず、六、七周走っただけだ。救護班の先輩がすぐ止めに来て、休むように命じたのだ。もし本当に五十四周も走っていたなら、彼は救急車で運ばれて病院で点滴を受ける羽目になり、先輩たちは学校から目を付けられていただろう。彼らはちゃんと一年生の安全確保を前提として、訓練を行っているのだ。

コングポップは数周走っただけだったのに、翌朝起きた時には足が痛くてたまらなかった。しかし今日のアーティットは、スクワットや腕立て伏せを合計千五百回したあとで、すでにあの時の自分より何倍も疲れているに違いない。そう考えると、アーティットに宣言通りグラウンドを走る力が残っているかどうか確信が持てなかった。

「先にご飯食べようぜ！　寮に帰ったら英語のレポートを書かないといけないし、明日は物理のテストもある」

エムにそう促され、コングポップは躊躇《ちゅうちょ》した。時刻はもうすぐ十八時になろうとしている。食事もまだだし、エムの言った通り、今日中にレポートを書いたうえにテストの準備をしなければならない。それに、万が一アーティットが実際に走っていたとしても、遠くから見るだけで、彼には助けることなどできないのだから……。

コングポップはそう考え、エムや同級生たちと一緒に夕食をとってから、モーターバイクに乗って寮に帰った。そして英語のレポートを書き終えると、近所の店でレポートを印刷した。また部屋に戻り、テスト勉強が半分ほど終わる頃には二十一時前になっていて、数字との格闘に疲れて眠くなってしまった。こんな時に缶コーヒーがあれば、どんなに頼もしいことか。彼は大きく伸びをしてから窓の外を見る。すると外は雨が降っていた。

（……いつから降っていたのだろう？　勉強に集中していて気づかなかった）

コングポップは寮の近くのコンビニエンスストアで眠気覚ましのお菓子と飲み物を買ってこようと思い、傘を片手にエレベーターで降りる。そして次第に強まる雨の中コンビニに着くと、そこには雨宿りをしている人が大勢いた。

コングポップが店に入ろうとしたその時、バイクタクシーが歩道に乗り込んで店の前に停止する。急いで料金を払って降りてきた二人の女子学生はびしょ濡れで、文句を言いながら店の軒先に駆け寄った。

「もう……なんなのよ、いきなり雨が降るなんて」

「さっきまでほとんど降ってなかったのにね。もう少しで寮だし、路地を突っ切って帰る？」

「正気？　いやよ！　すぐにやむはずだから待とうよ。そうだ！　さっきバイクで通り過ぎた時、グラウンドで雨の中走ってる人が見えなかった？」

「えっ！　見間違いじゃない？　こんな時間にグラウンドを走るなんてありえないでしょ」

「さあ、知らないけど。見間違いかな？　暗かったからよく見えなかった」

二人の会話をなんとなく聞いていたコングポップは、驚きを隠せなかった。ある人物の姿が頭に浮かぶ。

（……今、雨の中グラウンドを走っている人……もしかして……）

脳裏に浮かんだ人物はただ一人。コングポップはコーヒーを買いに来たことも忘れて、モーターバイクを取りに急いで寮に戻る。それから、傘を差したままモーターバイクに乗って大学に向かった。さっきの女子学生の見間違いかどうかはわからないが、どうしても自分の目で確かめずにはいられない。

近くにモーターバイクを停め、明かりが一部しかついていないグラウンドに入っていく。雨のせいで視界が悪く、そこに人がいるかどうかわからない。

（……やはり誰もいなかったのか？　確かに、こんな時間に走るわけないか。しかも大雨が降ってるんだから）

だが、心のどこかで、本当にあの人は走っているかもしれないと思い、こうしてここまで来てしまった。

（はは……おいコングポップ、お前どこかおかしくなったんじゃないか？）

彼は疲れたように自分を罵り、もう寮に帰ろうと踵を返す。だが、その時聞こえてきた音で彼の足は止まった。

大雨が地面を叩く音に紛れて、遠くから何かが聞こえてくる。コングポップはそれが足音だと気づいた。

足音と共に現れた人影は、まさに捜していた人ではないか——。

コングポップは何も考えずにその人物のもとへ走り、そして彼の姿を見た瞬間、息を呑んだ。

彼の着ているジーンズも、ワーガーのユニフォームである黒い丸首のTシャツも、つま先から頭のてっぺんまでびしょ濡れで、まるで水の中から上がってきたかのようだ。だが、最も悲惨だったのはその表情だった。あまりにも長い時間走り続けて、彼の身体は明らかに限界を迎えようとしている。

「アーティット先輩！　雨が降っています、もうやめてください！」

コングポップは自分が雨に濡れることも構わず、彼に傘を差し出す。ヘッドワーガーの今の状況に比べたら、そんなことはどうでもよかった。だが、相手はこちらを一目見ただけで、追い返そうとすぐに口を開いた。

「お……俺に……構うな……あと五周で終わりだ……」

（……あと五周？　ということは、六時から今までずっと走っていたということか……）

アーティットは、自分に課された罰を忠実にこなしているのだ。しかも、全て走り終えるまで休むつもりがない。罰せられた当の自分ですら五十四周なんて走りきっていなかったのに、目の前で起きていることがコングポップには信じられなかった……。

……なぜ彼は、こうまでして走り続けているのだろう？　〝ヘッドワーガーの威厳〟のためだけに、ここまでするものだろうか？

「でも先輩、全身びしょ濡れで、これ以上走ると身体を壊してしまいます。ひとまず休んでください！」

必死にアーティットを引き止めようとするも、コングポップは頑なに拒否されてしまう。

「も……もし……俺を少しでも早く休ませたいなら、邪魔をするな！　俺は最後まで走る！」

「じゃあ、僕もあなたと一緒に走ります」

コングポップは勝手にヘッドワーガーに付き合うと決め、彼に傘を差しかけながら、一緒に走りはじめた。アーティットはその様子を見て足を止め、容赦なく怒鳴りつける。

「何をしている……！　出ていけ！」

しかしコングポップがこれまで大人しく言うことを聞いたことがあっただろうか？　彼は真剣な眼差しでアーティットの鋭い目をまっすぐ見つめ、あくまで自分の決断を貫こうとする。

「嫌です！　先輩が休まないのなら、僕はやめません！」

「コングポップ！」

アーティットの我慢は限界に達し、大声で名前を叫んだ。コングポップは自分のしたことが相手を怒らせているのを理解していた。それでも、先輩にこれ以上雨の中で走らせるわけにはいかない。そんな二人の膠着《こうちゃく》状態は、突如現れた第三者によって破られた。

「どうした？　アーティット」

二人が同時に振り向くと、一人のワーガーが傘を差して歩いてくるのが見える。アーティットは同級生の登場に驚く様子もなく、イライラしながら再び文句を言った。

「この一年生をグラウンドからつまみ出せ。俺は走り続ける」

やってきた彼はコングポップの方に向きを変え、ワーガーらしい厳しい口調で問い質した。

「一年生、ここで何をしている？」

「こんなに大雨が降っています。アーティット先輩はなぜ走り続けないといけないのですか？僕に交代させてください！」

もしかしたら彼もまた自分の同級生に同情しているかもしれないと、コングポップは一縷《いちる》の望みを頼りに願い出た。許されるなら、自分が代わりに走り、誠意を示しきるのだと。

しかし、望み通りにはいかなかった。ワーガーが彼の要求に耳を貸すことはなく、そしてまた、ひどく単純な理由を説明した。その理由に、コングポップはまるで平手打ちを食らったような衝撃を受けた。

「これはヘッドワーガーが受ける罰だ。一年には関係ない」

「でも僕は……」

「いい加減にしろ！　許可しない！　お前は向こうへ行って待っていろ！」

……厳しく命じられ、コングポップは言い返すことさえできなかった。

何を言っても無駄なことはわかっている。これ以上駄々をこねたら、寺の入り口にある巨大な仁王像《におうぞう》のように背が高いこのワーガーに、ただ引きずり出されるだけだろう。

コングポップがためらいつつ視線を向けても、アーティットは目を合わせようともせずに、彼に背を向けてまた雨の中を走りはじめた。ワーガーは、その場に立ち尽くすコングポップの肘を軽く叩き、建物の下に移動するよう促す。

コングポップは彼についていくしかなかったが、納得できるはずもない。胸の中に沸々と怒りが湧いてくる。

（……なぜだ？　……どうして三年生たちは同級生を助けに行かないんだ？　どうしてアーティット先輩が一人で走り続けなければならないんだ？　どうして僕は彼に代わって走ることが

できないんだ……？）

　しかしその後、混乱交じりの怒りは驚きと疑問に変わった。グラウンドに一番近い建物の下までたどり着くと、そこには、座れない者が出るほど大勢の人がいることに気づいたのだ。周囲を見たところ全員産業工学科の学生で、ワーガーだけでなくレクリエーション班の先輩たちもいる。救護班の先輩もいて、ファーンはコングポップを見つけると声をかけてきた。

「あら、コングポップも来たのね。まぁ！　全身びしょ濡れだわ、タオルいるよね？　同級生たちと話でもして待っていて、今持ってきてあげる！」

（……同級生？）

　ファーンが指差す方向を見て、コングポップは驚きに目を丸くした。そこには、なんと二十人近くの一年生たちがいるではないか。コングポップと同じように私服に着替えている者もいれば、一度も寮に帰っていないのだろうか、ラップノーン用のTシャツを着たままの者もいた。その中にいる眼鏡をかけた女子学生が、コングポップに手を振っている。

「メイ！」

　コングポップは彼女の名前を覚えていた。なぜなら、彼がヘッドワーガーからの質問に答えられなかったことが原因で、ネームタグを破かれてしまった学生だからだ。コングポップは自分のネームタグをメイに渡し、彼女に代わって罰を受けたのだった。あんなことをされたのだから、きっとアーティットのことを怖がっているに違いない……そう思っていたが、なぜか彼女はワーガーや他の先輩たちと同様、心配そうな顔でアーティットが走り終えるのを待っているようだ。

「どうしてここにいるの？　いつから？」

予想だにしないこの状況を必死に理解しようとコングポップが尋ねると、メイが事の成り行きを説明してくれた。

「ここに来て一時間くらいかな。図書館からグラウンドを抜けて寮に帰ろうとした時、アーティット先輩がまだ走っているのが見えたの。それで友達に電話して、ここで一緒に見ていたってわけ」

メイはそう言って、女子学生の一人を顎で指した。彼女の友人がうなずいて話を続ける。

「そうそう！　さっきアーティット先輩の写真を撮ったの。SNSに投稿したら、どんどんシェアされてるわ！」

彼女たちの説明によって、コングポップの疑問は少しずつ解消されていく。アーティットが走っていることを知っているのは、彼一人ではなかったのだ。

ＴＲＲＲＲＲＲ！

突然、電話の着信音が彼らの会話を遮った。コングポップは自分が携帯電話を持っていたことをすっかり忘れていて、ずぶ濡れのズボンのポケットの中から取り出した。幸いズボンの生地が厚かったおかげか濡れておらず、画面に表示された親友の名前を確認してボタンをタップする。

「エム、どうした？」

「コング！　スクープだよ。俺今、アーティット先輩がグラウンドを走っている写真が拡散されてるのを見たんだ！」

「あぁ、知ってるよ。今グラウンドの近くにいるんだ」

「おい！　マジかよ！　アーティット先輩は本当に走ってるのか？　大雨の中走ってるだなんて言うなよ？　先輩正気かよ！」

（……正気じゃないだろう！　もし正気なら、こんな真似をするはずがない）

だが一番正気じゃないのは、きっとここにいる全員だ。アーティットが無理して走っているのを知っていながら、誰も助けに手を差し伸べないのだから。皆ここで心配しながら待っているだけなのだ……。ヘッドワーガーがこれまで課してきた罰を、彼自身が責任を持ってやり遂げるのを大人しく見守っている。

コングポップは、ようやくワーガーの尊厳と名誉の偉大さを理解した。そして、アーティットが、なぜヘッドワーガーという地位に立つ者として選ばれたのかを。

彼は誰にも同情を求めることがないからだ……たとえ同情されたとしても、それを受け入れるつもりもないのだろう。

コングポップは降り注ぐ雨を眺めていた。雨はだんだんと小降りになっていき、やむ頃になって、アーティットはついにグラウンドを五十四周走り終えた。

ワーガーと救護班は全員グラウンドに走っていき、疲れ果ててよろめき、倒れそうになっている彼の身体を支え、その肩にタオルをかけた。コングポップも彼らと共に駆け寄り、居ても立っても居られないといった様子で先輩の状況を尋ねた。

「アーティット先輩、大丈夫ですか?」

彼は話すこともできないほど疲労困憊しているようだったが、残りの力を振り絞り、走ってきた一年生を怒鳴りつけた。

「お……お前ら……一年生が……ここで何している! 帰れ! ……ノット、寮まで送ってくれ。服を着替える」

ノットというのは、さっきグラウンドでコングポップを制止した、背の高いワーガーだ。彼は疲れきったアーティットの身体を支えながら、近くに停めた車まで歩いていった。そこにいた全員が道を空けたが、コングポップだけはあとをついていく。

「僕も一緒に行きます!」

アーティットは振り返って、再び現れた〝ヒーロー〟を見た。濡れていたコングポップの髪や服はすでに乾きかけている。相変わらず頑固な彼に、アーティットは苛立ちを覚えた。

「なぜついて来るんだ!」

「送っていきたいんです」

「必要ない! お前ら一年生は自分の心配でもしていろ、俺に構うな!」

「一年生には三年生を心配する権利はないんですか!」

コングポップの大きな声は、グラウンドの真ん中に響き渡った。

辺りは静まり返り、皆の視線がアーティットとコングポップに向けられた。コングポップは懇願するような眼差しでアーティットを見ている。

……伝えたかったのだ……アーティットを気遣っているのは自分一人ではなく、大勢の一年生がヘッドワーガーを心配して、無事を確認したいのだと。

しかし、アーティットはコングポップと目を合わせることなく、同級生に言った。

「ノット、行くぞ！　……これ以上ついてくるなら、明日は一年生全員に罰を与える！」

ヘッドワーガーは近くに立っている一年生たちに警告を与えると、ワーガーや救護班と一緒に車に乗った。一年生と、帰る準備をしている先輩たちだけが残る中、グラウンドには再び雨が降りはじめた。

「コングポップ、私たちも帰ろう」

メイが立ち尽くすコングポップに声をかけてきた。コングポップはうなずき、彼女のあとをついて寮へと歩いていく。雨が地面を叩き、消えていくその姿に、コングポップは自分の気持ちを重ねた。

どれほど思いを伝えようとしても、それは空気の中へ散って消えていく。

……あの人の心には決して届かない。

一年生規則第十二条
ワーガーは自分の世話くらいできる

TRRRRR!

(……電話の音だ……耳は聞こえてる……指も動かせそうだ……頭では電話に出たいと思ってるのに……ただ、足が完全に死んでる……)

アーティットはベッドの上でぐったりと仰向けになっていた。今の状態を一言で表すなら、まさに〝屍《しかばね》〟だ。

原因は他でもない、昨日後輩たちの前で極度の罰を受けたせいだ。腕立て伏せ五百回、スクワット五百回、うさぎ跳び五百回のあと、一番酷かったのはグラウンド五十四周だった。しかも、さらに疲れさせないと気が済まないとでもいうように、雨も降っていた。

もはや彼の身体は疲れきり、死んだも同然の状態だ。

昨晩、同級生の助けを借りてなんとか車に乗り込んだアーティットは、すぐ気を失ってしまった。それに気づいた同級生たちは、大騒ぎして車の中で緊急処置を施し、危うく彼を救急センターに連れていくところだったらしい。幸い、彼は病院に着く前に目を覚まし、寮に帰るように頼んだ。なぜなら彼はその時、ひたすら眠かったからだ。それに、医者にかかったことがもし教授たちの耳に入ったら、自分たちは全員おしまいだ。事を大きくしたくなかったのである。

寮に着いたあとは、自分の足がガクガク震えて歩くことができず、同級生たちに部屋まで運ばれた。服を着替え、風邪薬、消炎剤、鎮痛剤などの薬を飲むように指示されたあと、毛布にくるまってベッドで眠った。さらに、万が一に備えて同級生の一人が一晩付き添ってくれたのだった。

アーティットはその翌日の昼頃まで眠り続けた。目を覚ますと微熱があり、喉も少し痛かったが、一番痛いのは両足だった。その痛みときたら、まるで大型トラックに轢《ひ》かれたかのようで、筋肉が酷い炎症を起こしていた。

トイレに行くのも床を這っていかなければならず、付き添いの同級生もさすがにその姿を見ていられなくなり、午後の授業をサボってアーティットを病院に連れていった。医師からはいきすぎた訓練を叱られ、大量の薬を処方されて左足首にはサポーターを巻かれた。

同級生が病院から寮へ送り届けてくれたが、部屋に帰っても、筋肉疲労で全身が強張ったままの彼は足を動かせず、ただベッドに丸太のように横たわっていることしかできなかった。

自分一人では、すぐ横の机に置いてある携帯電話を取ることもできない。交代でやってくる付き添いに頼んで取ってもらうしかなかった。

「プレーム、携帯を取ってくれ」

「おう、ほらよ」

プレームはベッドにいる彼に携帯電話を適当に投げてから、ポテトチップスを手に取り、テレビに向かって笑っていた。友人の状態をちっとも気にかけることもなく、これではお見舞いに来たのか気分転換に来たのかわからない。アーティットは携帯を取り、着信先の名前を見てすぐに電話に出た。

「もしもし」

「よっ、子犬野郎！　まだ死んでなかったのか？」

物騒な挨拶だが、夏休みにあったワーガーの訓練に初めて参加してから今まで、何度も聞いてきたから慣れている。

「もう死にそうです、ディア先輩。昨日、祖父が僕に手を振っている姿が見えましたよ。もう少しでついていくところでした」

ディアは大声で笑ったあと、落ち着いた口調で返してきた。

「冗談を言えるんだから、もう大丈夫だな。ノットから病院に行ったと聞いて心配していたんだ。誰がこんなことさせたんだ？　二十周でやめる話だっただろ？」

……そう、今アーティットが話しているのはディアだ。昨日突然訪ねてきた四年生で〝元ヘッドワーガー〟であり、アーティットに罰を課すように命じた張本人である。

実は、全てはシナリオ通りに進められた芝居だったのだ――一年生たちに〝上には上がいる、三年生の上には四年生がいる〟ということを教えるための。

四年生たちがラップノーンに参加することはほとんどないが、四年生は全ての学生にとっての先輩だ。その後輩にあたるものは伝統を守り、先輩を敬わなければならない。四年生の威厳を手っ取り早く示す方法は、生け贄《いにえ》を用意することだ。標的となるのは、一年生たちにとって〝絶対〟の存在である、ヘッドワーガーである。

同じようにアーティットも通話相手を揶揄った。

「だって僕は、一年生たちが先輩方を尊い存在として見てくれるか心配だったんですよ」

「尊い存在なのはお前だろ。すごい有名になってるって知ってるか？　一年生がお前の走っている姿を撮って、SNSに投稿したんだよ。たくさん拡散されて〝四年生の先輩は厳しすぎる〟って言われてるし。わずか数分しか登場してないのに、一年間嫌われちまうとは割に合わないな！」

相手の拗《す》ねたような声音に、アーティットは言葉を詰まらせた。

……実のところ、まさか一年生たちがグラウンドにまで見に来るなんて想定外のことだった。一年生にワーガーの心配をする度胸があるとは思わなかったのだ。見に来たとしても、むしろワーガーが人前で処罰を受けるのを見て、いい気味だと満足するだけだと思っていた。

グラウンドを四、五十周も走るなど、大袈裟に言っているだけで本当はやらないと思うだろう。だが、アーティットはヘッドワーガーであり、有言実行の男だ。その結果身体がボロボロになったとしても、最後までやりきらなくてはならない。

「じゃあ休んでろよ、もう邪魔しない。早く元気になれよ！　片足を引きずった子犬くん！」

ムカつくお見舞いの言葉を最後に残され、通話は終わった。しかし彼はその言葉が気遣いに溢れていることを知っている。プレームはというと、全く違った感想を話しはじめた。

「お前の学科はすごいわ。俺のとこはこんなことは何もしないぜ」

アーティットは肩をすくめ、気にしない様子で答えた。

「しょうがないよ、こういう規則だから」

ワーガーにとって、特にヘッドワーガーなら規則を守ることは絶対だ。ワーガー自身ができないことを、後輩たちに命令するなどできない。ワーガーの与える罰がどんなに過酷であっても、決して個人的な感情や権威を示すためにしているわけじゃない。

アーティットは、以前コングポップにグラウンドを五十四周走るように命じた。コングポップが全て走り終えることはなかったが、アーティットはその罰を命じた者として責任がある。だからどんなに無茶をしても、誰に止められたとしても、誰に心配されたとしても、今回の罰は絶対にやり遂げなければならないものだったのだ。

（……心配？）

ふいに、昨夜、ある人物が最後に言った言葉を思い出した。しかし何より印象に残ったのは、その言葉ではなく、その瞳だった。

相手が何を伝えたかったのかはわからない。単純に怒りだけではなく、心の奥深くにある痛みの感情のかけらをその瞳に感じて、アーティットは目を合わせていられなかった。まるで、アーティットが何か間違いを犯したとでも言いたげな眼差しだったからだ。

（……おかしいだろ！　なんで俺が申し訳なさを感じる必要がある？　そもそも、俺は何も間違ったことはしていないだろ。あの時、あいつを追い出したのは関係ないことに首を突っ込んできて、状況を見ずにまたヒーローごっこを始めたからだ……俺のせいにするな！　ああ……考えるほど頭が痛くなる。足の痛みだけでもきついのに、頭痛も始まったらもう一度病院行きだ。そうなったら今度は確実に入院させられる）

アーティットは想像ばかりするのをやめ、お菓子を食べながらテレビを見ている友人を呼んで強制的に自分の思考を切り替えた。

「プレーム、お腹が空いた。ジョーク〔お粥〕買ってきてよ。ピンクミルクも」

買い物を頼まれ、彼はテレビから目を離した。今更アーティットの食べ物の好みに驚いたりはしない。こう見えて食べ物の好みが可愛いということは、友人として付き合いたての頃から知っていたからだ。ただ、自分の体調を考えていない注文内容に皮肉を言わずにはいられなかった。

「こんな体調でピンクミルク飲むのかよ」

「お前は何も知らないんだな。ピンクミルクは俺のエナジードリンクなんだよ。病院の先生に出される薬より効果がある。俺の足が早く治るよ」

プレームは友人の言い訳を聞いてつれない顔をした。本当にピンクミルクで足が治せるなら、アーティットの足を治すには一杯では足りない。数リットル買って、シャワーのように浴びせなければならないだろう。

「はいはい、俺が買いに行くからお前は寝てろ、この不自由者！」

言い返したくなるような罵りの言葉を残し、プレームは下に降りて病人の依頼通りの食べ物を買いに行った。ムカつく態度をとられたものの、自分がヘッドワーガーの看病をしに来たことを忘れてはいない。

時刻は十九時近く。寮近くの食堂はタダ飯の出るイベントが行われているかのように、大学生たちが夕飯を食べに流れ込んできている。そのため人混みを縫ってジョークを買うのにかなりの時間を要した。しかもドリンクスタンドの列を見て、プレームは挫けそうになる。

（……なに同じ店に十人近くも客が集まってんだ）

それでも結局ため息をつきながら店主に注文する。

「ピンクミルク一杯」

疲れた様子で言うと、注文待ちしている近くの学生たちが彼に気づいたのか、すぐに会釈した。

「こんばんは、プレーム先輩」

呼ばれた方向に振り返ると、大学の新しいムーンの顔を見て彼はうなずいてみせた。

「おう」

プレームは、他学科なのに大学の外でも挨拶してきた後輩の礼儀正しさを褒めようとしたが、次に続いた質問にその気持ちは消え去った。

「ピンクミルクはご自身が飲むのですか？」

そう問われ、穴があったら入りたいくらいの思いになる。男らしいイメージを損なう飲み物を注文したことを一瞬忘れていたのだ。だが、これが自分のためのものではないと説明するのも面倒なので、あえて低い声で問い返した。

「なんで聞くんだ！」

「なんでもないです」

コングポップは下を向き、どうやら余計なことを尋ねてしまった、と急いで否定した。そして黙り込んだものの、そのピンク色の飲み物が頭の中でぐるぐるするのを止められなかった。

……ピンクミルクと聞くとあの人物が脳裏をよぎる。

昨日アーティットがグラウンドを走っていたという情報は、同じ学科の一年生だけでなく他学科にまで広まっていた。良い反応と悪い反応の両方があり、先輩のどこまでも責任をとる姿勢に感心する者もいれば、人前で格好つけているだけだと批判する者もいた。また、なぜワーガーがそこまでするのか理解できないという学生もいて、コングポップもその一人だった。

コングポップはそれがワーガーの役割であり、先輩としてのプライドだと知っている。

（……だけど、心配している人たちがたくさんいるということを、アーティット先輩はなぜわかってくれないんだろう？）

自分の身体に、あんな常人では耐えられないような負荷をかけてしまっては、良くない結果を引き起こすなんてわかりきっている。必死に心配していることを伝え、彼を助けようとしたにもかかわらず、何も関わりたくないとでもいうように全て拒否されてしまい、コングポップは心が苦しかった。心配のあまり、寮に帰るとすぐにベランダの窓を開けてアーティットが住む正面の部屋を確認したほどだ。しかし、アーティットの部屋には洗濯物が干されたままで、中の様子はよくわからなかった。

結局、それ以来アーティットに関する情報は何も入ってきていない。コングポップは普段通り授業や大学での活動に参加していたが、心の中は暗く淀み、不安な気持ちでいっぱいだった。プレームがピンクミルクを注文するのを見た時もそうだ。

――あの人のことをずっと心配している。

TRRRRR!

近くで鳴った電話の音に、コングポップは夢中になっていた自分の思考から現実に戻る。プレームの携帯電話からだ。彼が通話に応答すると、その会話がコングポップにも聞こえてきた。

「もしもし……何? USBメモリー? やべ、忘れてた! ……そう、俺が持ってる。ごめんごめん……はぁ、今すぐ? うん、持っていくよ」

電話を切ると、彼は狼狽えはじめた。焦って辺りを見渡し、ちょうどコングポップと目が合う。

「お前、アーティットを知ってるよな?」

「はい」

コングポップはおかしな質問に困惑しながらうなずく。コングポップがプレームの友人である彼の学科の後輩だと、この先輩は知っているはずだ。

なんのことはない、プレームはもう一度確認しておきたかっただけだった。なぜなら彼は、この後輩に重大な任務を授けようとしていたのだ。

「じゃあ、このジョークとピンクミルクをあいつに渡してくれ。この近くのロムルディ寮の六一八号室だ。俺はちょっと急用があるから行ってくる。はい、これお釣りとジョーク」

コングポップが答える間もなく、プレームはジョークとお釣りを彼に渡すと、光の速さで去ってしまった。呆然としてその場に立ち尽くすコングポップは、今起きたことを頭の中で整理する。

（……待てよ、このジョークとピンクミルクはプレーム先輩のものではなかったのか？　ということはこれって……）

脳裏に浮かぶ名前は一つだけ——コングポップはにっこりと微笑んだ。

今日一日中ずっと心配していた人に会える幸運が自分にあるなんて。

彼は注文していた自分のアイスコーヒーをキャンセルし、プレームが注文したピンクミルクができるのを待った。それから歩き慣れた道を戻り、しかし自分の住む寮ではなく、その傍にある寮で立ち止まる。この時間帯は人の出入りが多く、カードキーがなくてもオートロックのエントランスを通り抜けることができた。エレベーターに乗り、六階のボタンを押して、まっすぐ六一八号室に向かう。

（——いつもベランダから見ていたあの部屋だ）

コングポップは部屋の前に立つと、にわかに緊張した。ドアを開けて彼の同級生がいたらどうすればいいだろう？　病状すら聞けずに追い返される可能性だってある。

だが、ここまで来たのだから、せめて一目、様子を見るだけでもいい。そう覚悟を決めると、深呼吸をしてからノックした。

コンコン！

……部屋の中は静まり返っていて、なんの反応もない。

コングポップはもう一度ノックしてみたが、中に人のいる気配はない。

（……もしかして、アーティット先輩は眠っているのだろうか……それとも部屋を間違えたのか？）

迷う彼が三度目のノックをしようとすると、中からやけに不機嫌そうな大声が遮った。

「入ってこいよ、鍵かかってないだろ」

それは、聞き慣れたヘッドワーガーの声に違いなかった。許可をもらったコングポップはドアノブを回して扉を開き、清潔感のある明るい色調で装飾された室内を見渡した。広さはコングポップの部屋と同じくらいだが、あちこちに物が散らかっている。その様子は、部屋の住人の性格を表しているようだった。当の本人は、のんびりとベッドに寝そべり漫画を読んでいた。客人の方に目も向けず、そのうえ不機嫌そうにぼやく。

「俺の足が痛いって知ってるくせにノックしやがって、ムカつくんだよプレーム。あと買いに行くのに時間かかりすぎ。お前は買いに行ったのか、それとも店主の手伝いをしに行ったのか？」

「行列が長かったんです」

自分の友人からは百パーセント返ってこない丁寧な回答に、アーティットはベッドの上で飛び上がり、答えた相手を見る。

そして誰がノックしていたのかを知り、目を大きくして驚いた。

「コングポップ⁉　なんでここにいるんだ⁉」

アーティットは大声を上げ、まるでお化けが現れたかのように訪問者を指差し、混乱して同じような問いを繰り返す。

「……は？　……0062野郎がどうやってここに……どうしてここがわかった……何しに来たんだ……？」

全ての疑問は簡単な説明で解かれた。

「プレーム先輩は急用ができたんです。それで僕がジョークとピンクミルクを持っていくように頼まれました」

コングポップがそれらの入った袋を掲げて見せる。アーティットはその証拠を確認すると、一分間だけでも足が治って、プレームを蹴っ飛ばしてやりたいと切に願った。

（……あの裏切り者め！　病人を放っておくなんて、いったいどれほど重要な用事なんだ？　しかも、よりによって一番会いたくないやつに頼むなんて。この生意気な一年に、指一本も動かせないほど弱っている姿を見られたら、苦労して作り上げたヘッドワーガーのイメージが台無しじゃないか……あーもう、死にたい！）

穴があったら入りたい気分だ。コングポップを追い出して鍵を閉めたいが、それが叶うはずもない。それどころか相手は近づいてきて質問をした。

「それで、先輩。具合はどうですか？」

「俺は平気だ」

実態とは完全に真逆だが、なんとかヘッドワーガーとしてのメンツを守る。数々のヒーローも恐れ慄《おのの》くヘッドワーガーの名を汚してはならないのだ。

しかしベッドでぐったりして動かない病人の姿に、訪問客は疑念を深めた。

「本当ですか？　じゃあ、なんで足に包帯を巻いているんですか？」

（……やばい、忘れてた！）

うっかりボロを出した病人は、慌てて毛布で自分の足を隠し、考える余裕もなく言い訳を口にする。

「巻いてみただけだ！」

とっさに言ったせいで、幼稚園児でも騙せないような嘘になってしまった。もちろん、大学一年生にバレないはずがない。だが、コングポップは深く追及することもなく、なぜか部屋の中央にあるベッドに向かって歩いてくる。アーティットは驚いて問いかけた。

「何をするんだ？」

回答の代わりに、コングポップは毛布の下にあるアーティットの足に手を伸ばした。指で軽く触られただけでアーティットは痛がり、飛び上がった。

「うあっ！」

「やっぱり重症ですね。全然歩けないいんじゃないですか？」

下された診断に、アーティットは相手を睨みつける。

（……いちいち言われなくてもわかっている！　こっちの状況も聞かずに、誰が勝手についていいと言ったんだ！）

「これは俺の問題だ！　お前はもう帰っていい」

「先輩がこんな状態なのに帰るわけにはいきません。ジョークを袋から出してきます」

コングポップは家主の意向などお構いなく、勝手に茶碗とスプーンを取り出して、小型のテーブルをベッドの上に置き、デリバリーサービスのように夕飯の準備をした。卵と豚肉の入ったジョークとピンクミルク一杯を並べて食事の準備を整えると、コングポップは向かい側にある椅子に座って、思ってもいなかったサービスに混乱しながら食べているヘッドワーガーを見た。ただ、コングポップという厄介者が今すぐ彼の縄張りから出ていかない限り、彼が感謝することはないだろう。

「なんでまだ帰らない！」

「お皿を片付けるからです。先輩、自分でできないですよね」

コングポップがわざと挑発しているのかはわからないが、その理由はアーティットの心を刺激し、コングポップに鉄拳制裁を加えてやりたい気分になった。

（こっちが怪我で動けないのをいいことに、言いたい放題言いやがって、このクソガキが！）

だが、言い争いをしてもどうにもならない。なぜなら、彼には立ち上がってこのでかい図体を押し出す力なんてないのだから。

アーティットは下を向き、イライラしながらジョークを食べることしかできなかった。

コングポップはこの機会に彼の部屋を観察し、ふと大きなガラス張りの掃き出し窓に目を留めた。カーテンが開け放たれていて、その隙間から外のベランダがよく見える。

（……よく向かい側からこっそり見る、ベランダ）

こちら側から見ると不思議な気持ちになる。アーティットは今何をしているのだろうと、今まで何度も考えていた。しかし、実際に中にいると自分の部屋を遠く感じ、それと同時に、なんだか寂しい気持ちになった。またあちら側に戻ったら、この部屋の主を見られるのは、彼が洗濯物を干しに出てくる時だけになる。

そう思いながら、何気なくベランダに干してある洗濯物を眺めると、それが昨日からずっと干しっぱなしであることに気がついた。

「アーティット先輩、これ全部乾いてると思いますよ。僕が取り込みましょうか。もう一度雨が降ったら濡れちゃいますから」

ジョークを続けて口に入れようとしていたアーティットは、急いで口の中にあるものを飲み込んだ。心の中ではやめるよう叫びたかったが、コングポップはすでに窓を開けていて、ベランダに干してあった服を全て部屋の中に取り込んで、もう一度質問をしてきた。

「アーティット先輩、アイロンはどこですか？　服にアイロンをかけるので、お借りします」

「そんなことはしなくていい、その辺に置いておいてくれ！」

今回ははっきりと拒否したが、コングポップには聞こえていないようだ。彼は取り込んだ服を椅子にかける。

「先輩は干した服をこのまま埃《ほこり》に晒すんですか？　僕にやらせてください」

母親のような言動に、アーティットは何も言い返すことができなかった。コングポップはアイロン台を見つけ、テレビ台の下から勝手にアイロンを取り出した。そしてよく気が利くことに、テレビのリモコンを食事中の彼に渡してくる。

「アーティット先輩、テレビ見ますか？　チャンネルを変えたいかもしれないと思って持ってきました」

それは、この部屋に世話をしに来てくれた同級生たちからは聞いたことのない言葉だった。プレームの時は部屋に入ってくるなりリモコンを独占されていたし、アーティットがどの番組を見たいかなんて気にされたこともなかった。他の同級生たちも、彼の部屋がどれだけ散らかっていようと気に留めることはない。頼んでもいないのに何もかも勝手にやってくれるのはこの一年生くらいだ。

コングポップは部屋に来るなり部屋の様子を確認し、家主の意見も構わずにてきぱきと勝手に働きはじめた。病人の身の回りの世話から洗濯物の片付け、アイロンがけまで行い、厚かましくもまだ帰ろうとしない。なんのためにやっているのかわからない。ただわかっているのは……。

……走り終えたあとのコングポップの最後の言葉とその瞳を思い出す。

空腹だったはずなのに、自分がジョークを食べるペースがひどく遅くなっていることを自覚した。なぜなら彼の視線は、テレビ画面とアイロンをかけるコングポップの間を行き来していたからだ。ニュース番組の内容さえ頭に入ってこない。

アーティットがジョークを食べ終わる頃には、コングポップもアイロンがけを終え、服をクロゼットにしまっていた。それから机を片付け、食器を洗い、飲み終わったピンクミルクの容器をゴミ箱に捨てる。全ての片付けを終えたあと、ベッドサイドの机に置いてあるものがコングポップの目に入った。

「そうだ、薬も飲まないといけないですよね。食前に飲む薬があるのかどうか聞くのを忘れてしまいました」

今更思い出したことに、コングポップは心の中で自分を咎《とが》めた。薬の入っている袋に貼ってあるラベルを読むと、予想通りだった。

「……やっぱり、一錠飲み忘れてる。どうして言ってくれなかったんですか？　これじゃいつになっても足は治りませんよ。次は忘れないでくださいね」

子供扱いしたような長ったらしい文句は、三年生のヘッドワーガーとしてのプライドを傷つけ、アーティットは口喧《くちやかま》しい相手につい感情を押さえず喚いてしまった。

「もう俺に構うな！　俺は子供じゃないんだ、先輩だぞ！」

怒鳴った瞬間、部屋の空気が凍りつく。その静けさに、アーティットは自分が感情的になりすぎてしまったことに気づいた。

相手が心配してくれていることはわかるが、〝先輩〟としての威厳を保たなければならない。自分一人で何もできないなんてことになるわけにはいかないのだ。

……この状況下で、アーティットは居心地の悪さを感じ、困惑する。

だが、コングポップは怒鳴られても、気分を害したり不満を露わにしたりはしなかった。ただ軽くため息をつき、ベッドに座って病人に近づくと、弱った声で話しはじめる。

「アーティット先輩が僕の先輩であることはわかっています。でも、今は体調が悪くて誰かの看病が必要だってことをわかってください。元気になったら、僕に罰を与えても構いません。ですから、今だけは僕の言う通りにしてください……お願いします」

脅しではなく、まるで懇願するような口調ではあるが、その瞳は相手をまっすぐ見つめ反論を許さなかった。

……アーティットが何度も負けてしまう、同じ相手から向けられる、同じ瞳。

彼は顔を逸らし、仕方なく手を伸ばして薬を受け取ることにした。

そして水を飲み、コングポップにコップを洗いに行かせたちょうどその時、ノットがやってきた。昨晩は彼がアーティットに付き添ってくれたのだ。

「おい、アーティット。さっき夕飯を食べている時にディア先輩に会って、お前のことを──」

ノットは部屋に馴染みのない訪問客がいることに気づき、話を途中で止めた。コングポップはドアを開けた人物が誰であるかわかった途端に敬意を込めて手を合わせ、ワイをする。

「ノット先輩、こんばんは」

「おう！　ワイは僧侶に対してやれよ」

ノットは状況がよく飲み込めないまま後輩の挨拶に応えた。とっさのことで、彼はワーガーとしてのイメージを保つのを忘れていたようだ。

コングポップは看病の交代要員が来たことを察したのか、もう邪魔をしたくないとでもいうようにベッドの上の人物に別れの挨拶をした。

「じゃあ、僕はこれで失礼します。アーティット先輩、お大事に」

アーティットは彼に目も向けず、ヘッドワーガーらしく無関心な態度を見せた。そのままコングポップは外に出て、何が起きているのかわからない様子のノットが入れ替わりで部屋に入る。

「あの一年、何してたんだ？」

「服にアイロンかけてた」

「は？　アイロン？」

ノットはさらに混乱したが、アーティットは適当に流して会話を切る。

「うん、俺はもう眠いから寝る」

そう言って友人に背を向けると、すぐにベッドに横になった。

今は何も答えたくない。微熱があるのか顔がほてっていて、頭がくらくらする。だから彼をうっかり部屋に入れ、看病させることを許してしまっただけだ。

何よりアーティットを悩ますのは、あの馬鹿馬鹿しい瞳だった。脳裏にこびりついて、振り払おうとしても忘れることができない。頭の中の記憶に刻み込まれているように、未だに消すことができなかった。

コングポップのあの瞳は、アーティットに何かを伝えようとしていた。

怒りではない。傷ついているわけでもない。それは、懇願だった。

あなたを気にかけている人の〝あなたを想う心に気づいてほしい〟。

……そう懇願する瞳だった。

一年生規則第十三条
ワーガーに認められること

ついに工学部の一年生たちが待ちわびた日がやってきた。

約二カ月前から参加させられたラップノーンのチアミーティング。日々の訓練に歌の練習、度重なる厳しい罰を与えられながら、上級生からの圧力に耐えてきた。だが、今日でそれも全部終わる。それは、今日が〝チアミーティングの修了式典〟だからだ。

この大学の工学部では、一年生を管理しやすくするため、それぞれの学科ごとにチアミーティングが行われる。ただし、この修了式典は全学科合わせて行われるので、一年生全員を集める必要があった。

それ故、制服を着た工学部の一年生たちは、十八時にはグラウンドに規則正しく学科ごとに分かれて並んだ。その数は八百人近くにも上り、工学部の大事なイベントを見るために、スタンドの周辺には先輩たちも集まっている。

「よう！　コングポップ」

声のする方を見たコングポップは、隣の列に並んでいる化学科の同級生に笑いながら挨拶した。

「なんだよワード、来ないかと思ってたよ」

コングポップがこう言ったのは、ワードがＳＯＴＵＳを嫌っていることを知っていたからだ。ワードは活動に一度も参加したためしがなかったため、今日こうしてグラウンドに現れるのは珍しい。相手はその言葉に肩をすくめ、手短に説明した。

「来るつもりはなかったんだけど、考えてみたらあのギアは結構カッコいいからな。弟に自慢してやろうと思って」

予想外の子供っぽい理由に、コングポップは思わず吹き出しそうになる。今日は式典の他にも重要なイベントがあることを忘れかけていた。

それは〝ギアの争奪戦〟だ。

工学部のシンボルであるそれには、〝学部のギア〟と〝学科のギア〟の二種類がある。一部の学科ではギアを指輪の形にすることもあり、それぞれの伝統によってその形状は異なる。この戦利品を手にすることで、ようやく一年生たちは、先輩から後輩として認められるようになるのだ。

つまりは、ギアの争奪戦は一年生たちが自分たちの価値を証明する〝一回戦〟だ。続いて、各学科による〝旗の争奪戦〟が行われる。それぞれの難易度は先輩たちの残酷さによって決まる。

中でも最も厳しいことで有名なのは産業工学科だ。学生数が最も多い学科であるだけでなく、最近のラップノーンでの武勇伝――ヘッドワーガーが自分自身に罰を課し、大雨の中、グラウンドを五十四周も走ったこと――が噂になっていたからだ。その写真がＳＮＳに投稿されると、瞬く間に拡散され、アーティットは一夜にして有名人になった。今では伝説のヘッドワーガーを一目見ようと、他の学科の一年生が集まってくるほどだ。

いよいよワーガーたちが姿を現すと、グラウンドに集まった総勢千人近くの学生の目が話題の人物に向けられた。彼は背筋を正し、堂々とした様子で歩いてくる。その後ろには工学部の他の学科のワーガーたち約三十人が並んでいる。皆工学部のショップシャツを着ているが、彼らの険しい表情を見ると、大学の式典ではなく、まるでマフィアの大規模な集会のようだ。

ヘッドワーガーには、マイクや拡声器などは必要ない。彼はよく通る声でグラウンドに集まった一年生に挨拶した。

「一年生諸君、こんにちは！」

「こんにちは！」

全員が声を揃えて挨拶を返すと、自分たちを鋭い眼差しで見るヘッドワーガーの話に耳を傾けるため、グラウンドは再び静まり返った。

「今日はここに七百九十一人の一年生が集まったと聞いた。私が提示していた七百五十人を上回る人数が集まったことは、評価に値する！」

アーティットの言葉を聞いて、彼をよく知らない別の学科の多くの一年生たちは好奇心を掻き立てられた。聞いていた伝説のイメージとは違う。ヘッドワーガーはとんでもなく残酷だと言われていたのに、意外にも優しそうだったからだ。

だが、産業工学科の一年生たちは沈黙を保ち続けた。彼らはそれがヘッドワーガー・アーティットの常套手段だと知っている。彼はいつも、まず優しく頭を撫でてから、いきなり力いっぱいに顔面を殴ってくるのだ。

そして今回もまた、例外ではなかった。次にアーティットが言い放った言葉を聞いて、一年生たちは皆動揺し、顔から血の気が引いた。

「……しかし、このあいだ君たちから回収したサイン帳を確認した。多くの者がサインを約束の千個集めていない。これがどういうことかわかっているのか！」

ラップノーンの内容は学科ごとに違うが、いくつか全員共通のアクティビティもある。その一つが〝サイン集め〟だ。一年生は入学した時にサイン帳を受け取る。先輩たちは、この式典の一週間前にサイン帳を回収し、その中身を確認したようだ。

先輩のサインを千個集めるなんて簡単なことじゃない。多くの一年生は数を満たせないままで、仕方なくサイン帳を提出した。当然これはワーガーたちに見逃されるはずもなく、その事実を知ったアーティットは、重大な罪としてこの場で取り上げた。

「将来君たちはエンジニアになるかもしれない。エンジニアは絶対に約束を守らなくてはならない職業だ。今日、君たちはそれがまだできないということを私に示した。君たちに聞きたい。本当に工学部の後輩になりたいのか？」

「なりたいです！」

一年生たちは恐れることなく大声で力強く返事した。叱られていたとしても、黙るよりはずっといい。

「では、準備はできているということだな……ギアを！」

ヘッドワーガーは振り返り、二つの高坏皿《たかつきざら》を運んできた三年生に合図を送った。高坏皿に載せられた人数分のギアは、神々しく輝いているように見える。

「このギアは我々工学部の心臓で、世界に一つしかない。そのため君たちはこのギアを得る資格があることを証明しなければならない。そうでなければ、このギアは学校の池の底に沈められる。そして、君たちはギアを得る資格を失うことになる」

脅しの利いた言葉に、何人かの学生はごくりと唾を呑んだ。これは単なる脅し文句ではなく、先輩たちは口にしたことを本当に実行すると知っているからだ。

実は、ギアを学校の池に沈めたことは以前にもあったそうで、後輩たちに受け継がれる伝説となって残っている。しかも当時の一年生は、旗の争奪戦に参加する資格まで取り消されたそうだ。その後に何度も再挑戦を頼み込み、約一年もの時間をかけてようやく合格したと聞く。

一年生は恐怖を感じながらも、ヘッドワーガーの話を一心に聞いていた。いったいどんな試練が待っているのだろうか。

「これから君たちには、校歌と学部の歌を歌い、君たちの期の数字と同じ回数で掛け声《ブーム》をやってもらう。君たちだけで行うんだ。私は今からあの校舎の上まで行く。歌声がそこまで聞こえてきたら合格で、聞こえなければ失格だ！」

……あの校舎、と彼が言ったのは、工学部の七階建ての建物のことだ。距離としてはそれほど離れてはいないが、あの最上階まで声が届く保証はない。それでも、一年生が抗議をする間をワーガーが与えるはずもなく、それどころか忘れるなとばかりに釘を刺した。

「よく覚えておくように。チャンスは一回だけだ！　その中で最善を尽くすんだ」

「わかりました！」

一年生はこれまでにないほどはっきりとした声を返した。この大きな試練を乗り越えるため、士気が高まっている。

アーティットはうなずくと、何人かのワーガーにその場を任せ、他を率いてグラウンドを離れた。その場に残ったワーガーたちには、彼らの手助けをすることは禁じられている。一年生は、自分たちだけの力で戦わなければならない。

土木工学科から選ばれた一年生の学部代表が、先輩たちに代わって一年生の指揮を執る。模範的でいかにも学年代表にふさわしい彼の合図で、彼らは全力で歌いはじめた。

それは……少し前まで誰も歌えなかった歌だった。

だが、約二カ月間のチアミーティングの中で、一年生たちはこの長くて馴染みのないリズムの歌を、いつでも口ずさめるほどに覚え込んだ。これまで一度も合わせたことはなかったのに、さまざまな学科から集まった学生たちの歌声が、見事に重なる。

……校舎の上にいるワーガーたちに届くようにと、心の底から出した声だ。

工学部の校舎に到着したアーティットたちは、エレベーターで最上階の七階に上がった。廊下にはすでに何人かのワーガーが窓際に立って、グラウンドにいる一年生の様子を眺めている。

「プレーム、うまく撮れそうか？」

アーティットは大きな一眼レフカメラを構えている同級生に尋ねた。プレームは慣れた手つきでレンズをズームアップし、一年生の写真を撮ろうとしている。その手つきを見ると、撮影にはかなりの自信があるようだ。カメラを手に持ちながら、彼はアーティットに手招きをした。

「ああ。こっちに来て見てみろよ、光の当たり方もちょうどいい」

アーティットはプレームの隣に立ち、グラウンドにいる一年生を見下ろした。

歌声が聞こえてくる。どうやら今は校歌の最後の一節を歌っているようだ。それから彼らは円陣を組み、続けて掛け声《ブーム》の準備を始めた。だが、人数が多いせいだろう、幾重にも重なった円陣はあちこちが折れ曲がり、綺麗な円にはなっていない。まるで、幼稚園児が描いた花の絵のようだ。しかしオレンジ色の夕日が降り注ぐその光景に、アーティットは思わず見とれた。

（……終わったのか）

今日を境にヘッドワーガーとしての役割はゆっくりと幕が下りる。これからは一年生を訓練するために身体を鍛える必要はない。チアミーティング後に反省会を開くこともなければ、一年生に過酷な罰を与えたせいでグラウンドを五十四周走る必要もないのだ。

足の痛みはまだあるが、時間が経ったら消えていくものだ——あともう少しで終了するチアミーティングのように。しかしアーティットは、記憶は自分の中にいつまでも残ることを知っている。ヘッドワーガーの役割を担った責任や苦労も、初日から反抗的だった一年生に必死に対応してきたことも。その後も、彼が引き起こす問題に対処するために、イライラしながら何度もやり合ったことも。

今までのことを思い返すと、自然と笑みがこぼれた。それと同時に、もう一つ、喪失感のような感情が込み上げてきたことに驚いていた。全てがもうすぐ終わってしまう。自分はワーガーとしての全権力を手放し、一年生は自分たちの道を歩みはじめる。

（そしてこれからは遠くからただ見守ることしかできない。あいつのことも……）

カシャッ！

シャッター音がアーティットの物思いを遮った。振り向くと、一眼レフのレンズがこちらに向けられているではないか！　彼は眉をひそめて文句を言う。

「プレーム、何してるんだ」

「お前の写真を撮ってやったんだ。いいのが撮れたぞ」

いきなり被写体にされたアーティットは、ぶすっと顔を背けた。それでもプレームは、ポーズをとれと言って、一年生を背景にアーティットの写真を撮ろうとする。

もう一度シャッターを押すより前に、ノットが口を開いた。

「アーティット、行こうぜ！　もうすぐ校舎の鍵が閉まるぞ」

他のワーガーたちはすでにエレベーターで下に降りている。空は徐々に暗くなってきた。アーティットは後ろ髪を引かれつつも窓から離れ、ワーガーたちのあとをついていく——自分の最後の役割を果たすために。


すでに太陽はすっかり沈み、グラウンドの照明だけが頼りだ。だが、三十五期生である一年生が三十五回叫ぶという掛け声《ブーム》はまだ終わっていない。円陣を組んで頭を下げ、動きながら大声を出すため、疲れて休憩している者もいる。そんな中で、どれだけ疲れても諦めず、同級生と肩を組んで、最後まで叫び続ける者もいた。

掛け声《ブーム》が終わると同時にアーティットはグラウンドに現れた。今度は応援席の上の方に立ち、一年生からよく見えるであろうその場所から、彼は終わりの言葉を告げる。

「工学部の校舎から君たちの声を聞いていた。だが、声は非常に小さかった！　隊形も乱れていた！　これが君たちの実力だというなら、我々工学部の後輩として相応しくない！　応援席にいる他の上級生たちは下りてきてください。もう聞く必要はありません。チアミーティング終了！」

最後の一言に一年生はどよめいた。特に、この式典を初めから見守っていた先輩たちが応援席から下りていく姿を見て、心が折れる。それは、自分たちが彼らから全く認められていないと突きつけられるも同然だった。一年生は全力を出し尽くしたのに、それでも先輩たちの心には届かなかったのだ。

「何をしている？　チアミーティングは終了だと言っただろ、帰れ！」

ヘッドワーガーの厳しい言葉は、彼らの心に突き刺さった。何人かは耐えきれず泣き出し、誰一人としてグラウンドから離れようとはしない。七百九十一人全員が、グラウンドに残って立ち尽くしている。彼らはここまで力を合わせて頑張ってきた。もしこの場から離れるなら……それは負けを認めることになる。

一年生の考えは皆同じで、お互い相談する必要すらなかった。学年代表はヘッドワーガーのところへ行き、大声で願い出た。

「もう一度僕たちにチャンスをいただけないでしょうか！」

グラウンドから出ていこうとしていたワーガーたちは、その声に足を止めた。振り返ったアーティットはグラウンドに目を向ける。彼は一年生を見下すような笑みを浮かべ、冷ややかな態度のままで言い放った。

「いいだろう！　頼んできたのなら私は応じる。ただし、これが最後のチャンスだ」

許可を得た彼らは希望を持ちはじめた。チャンスは一度きりだが、全力を出しきる。学年代表は一年生たちのもとに戻ると、掛け声《ブーム》の準備を始めた。

そうして、工学部一年生の最後の挑戦の準備が整った。彼らは左右にいる同級生と肩を組み、頭を下げて、これまでにないほど声を大きく張り上げる。この掛け声《ブーム》は工学部一年生たちの、これまでの活動全ての結晶だ。

だが、その声がどれほど大きくても、ヘッドワーガーが彼らを認めるには値しなかった。最後の掛け声《ブーム》が終わると、アーティットは再び応援席に上がり、二度目の……そして、最後の判決をはっきりと下した。

「一年生たち！　よく覚えておけ！　これは君たちが大学生として叫ぶ最後の掛け声《ブーム》だ。今後君たちに、この掛け声《ブーム》を上げる権利はない！」

……掛け声《ブーム》を上げる権利がないということはつまり、工学部の一員として認めてはもらえない、ということに他ならない。

二カ月近くにも亘《わた》ってチアミーティングに参加した努力が、全て無意味となった。これまでに行ってきたことにはなんの意味もなかったのだ。感情を抑えることができずに、いよいよ泣き出す者も少なくない。コングポップでさえ、胸に悲しみが積もったようだった。なんとかもう一度チャンスをもらえないかと考えたが、その願いが通る可能性は限りなく低い。一年生たちが絶望していたその時、再び響いたヘッドワーガーの声が全ての者の顔を上げさせた。

「……なぜなら、今日から君たちはこの大学のただの学生ではなく、工学部の一員になったからだ。君たちの次回の掛け声《ブーム》は、我々工学部生としての掛け声《ブーム》になるのだ！」

先ほどの含みのある言い回しを、真逆の意味に受け取ってしまっていた。一年生は、全員呆然として互いに顔を見合わせ、何か察しはじめる。そして次の言葉を聞いて、彼らは呼吸も忘れるほどの衝撃を受けた。

それは全員が待ちわびていた言葉だった。

「一年生、よく聞け！　今回の試験、君たちを合格と認める！」

〝合格〟という言葉が聞こえると、グラウンドに大歓声が湧き起こった。一年生は飛び上がり、抱き合い、ある者は先ほど以上に号泣《ごうきゅう》している。それは、自分たちの力を証明することができて、ようやく工学部の一員となれた喜びと安心による涙だった。

「それでは、工学部の新入生を歓迎するため、先輩たちの掛け声《ブーム》をお願いします！」

ヘッドワーガーは、応援席から下りた上級生たちに呼びかけた。彼らは帰らずに、一年生の周りに散らばり、待機していたのだ。円陣を組んで新入生を歓迎するために。

そして先ほどの一年生にも負けないほどの大声がグラウンド中に響き渡り、先輩たちは一年生を工学部の新たな一員として正式に迎え入れてくれた。残るは学科の旗とギアの争奪戦のみ。それが終われば、全てのラップノーンが終わりとなる。

一年生を掛け声《ブーム》で歓迎したあと、先輩たちは高坏皿からギアを取り、各学科の後輩たちそれぞれに配りはじめた。コングポップはファーンからギアを受け取る。

「おめでとう、コングポップ」

「ありがとうございます先輩」

コングポップは両手を合わせて感謝を示し、透明な袋に入っているギアを受け取った。すぐに中身を取り出し、二カ月の苦労の末に勝ち取った工学部のシンボルをじっくりと観察した。

真鍮でできたギアは側面がギザギザの歯車の形をしていて、表面には〝工学部　第三十五期生〟と刻まれている。入学して間もない頃、ギアが工学部のシンボルとなった理由を聞いたことがある。ギアは〝団結〟の概念を伝えているのだ、と。ギアは互いにきっちり噛み合って初めて機能し、一つでも欠けると機械は正常に動かないのだ。

このギアは、一年生全員が力を合わせて勝ち取ったものだ。誰かさんの言葉通り、ヒーロー一人の活躍で得たものではない。

今となっては、アーティットのこれまでの教えがはっきりと理解できる。厳しすぎる教え方だったかもしれないが、その一つひとつには全て意味があった。ただ残念なのは……もう彼の指導を受けられないことだ。

だが、少なくともこのギアは、あの人に少し近づけた〝最初の一歩〟といえるだろう。

カシャッ！

突然のシャッター音に彼が振り向くと、見慣れた先輩がカメラをのぞき込んでいる。コングポップは慌てて手を合わせ、挨拶した。

「プレーム先輩、こんばんは。来ていたんですね！」

「おう、お前たちの掛け声《ブーム》の写真を撮りに来たんだ。別の学生の写真も撮ってくるよ」

突然現れたプレームは、戸惑うコングポップに構うことなく去っていった。どうやら一年生が合格した瞬間をカメラにおさめるべく、走り回っているらしい。

プレームは、グラウンド全体の様子を撮影しようとカメラを構えたが、残念なことにカメラの画面には〝メモリーカード空き容量不足〟と表示されている。

さっき後輩たちの掛け声《ブーム》の場面を録画した時に容量をかなり使ったせいだろう。しかも、今日は予備のメモリーカードを持ってくるのを忘れてしまったようだ。

プレームは撮った写真を一枚ずつ確認し、ミスショットをいくつか削除しようとした。しかし、ある写真に注意を引かれ、思わずまじまじと見入る。

……自分の撮影技術を自慢したいわけではないけれど、その二枚の写真の出来の良さは認めざるを得ない。角度や光の加減ではなく、被写体の表情が素晴らしいのだ。

一枚は、勝利を勝ち取った誇らしげな表情。

そしてもう一枚は、誰かのことを思っている瞳と、柔らかく微笑む表情だ。

その全ての表情が自然で、そして絵になる。

たくさんの写真を撮影してきたプレームにとって、この写真が、修了式典の中で最高のものに思えた。


〝ギアを託す者〟と〝受け取る者〟――〝ワーガー〟と〝一年生〟の表情だ。

一年生規則第十四条

ワーガーには守るべき威厳がある

「……今晩ですか？　空いてます、はい……じゃあ、またあとで」

「どこの女と電話してんの？　コング、甘い声出しちゃって」

エムはイェン・ター・フォー〔すり身の団子載せフォー〕を頬張りつつ、電話を受けているコングポップの声にしっかりと聞き耳を立てていた。一緒に食事をとっていた同級生たちも皆、同じように電話の相手に興味津々らしい。それもそのはず、この大学のムーンは可愛い女の子にアプローチをかけられているかもしれないのだ！　もしかしたら自分たちにもその友達を紹介してくれるかもしれないと、皆期待を膨らませている。

コングポップは電話を切るとカオパット〔チャーハン〕を食べながら、話していた相手を明らかにした。

「あぁ、同じコードナンバーの先輩から食事に誘われたんだ」

希望の光が瞬時に消え去り、同級生たちはがっくりして目の前の野菜に目を落とした。

（……はぁ、これほどイケメンの友人だというのに、なんの役にも立たない）

大学のムーンになって以来、コングポップは多くの女性や男性、あらゆる性別の人々から口説かれている。だが、彼らとはせいぜい挨拶を交わす程度で、誰かと特別親密になっている様子はない。一見フレンドリーな性格に見えるコングポップだが、その実、彼を本当に理解しているのはごく一部の人たちだけなのだ。

親友のエムですら、文句を言いはじめる。

「俺らはお前がもったいないって感じるよ。こんなにいいスペックしているのに、なんで使わないんだ」

「だって時間ないし。授業に出て、学校の活動に参加しているとそれだけで一日が終わる。それに今度の土曜日には、学科の旗の争奪戦もあるだろ」

コングポップは正直に答えた。異性に興味がないわけでも、恋愛がしたくないわけでもない。ただ、今は別のことに集中したいだけだ。チアミーティングが終わっても、まだたくさんの活動に参加しなければならない。しかも、どれも全力で臨《のぞ》む必要があるものばかりだ。

「そうだ！　旗の争奪戦ではいったい何をするんだ？　今日先輩たちと食事をするなら、三年生から聞いてきてよ」

エムはコングポップの肩を軽く叩いてずるい依頼をした。他の同級生たちも笑いながら後押しする。急にスパイの任務を押し付けられそうになったコングポップは急いで首を振り、食事に行くだけだと説明しようとしたが、彼らは最後の手段に出た——この任務には産業工学科の一年生の命がかかっていると真面目な顔で言ったのだ。

しつこく頼まれて、コングポップは仕方なくその任務を受け入れるしかなくなった。

十八時、同級生から託されたスパイのミッションを背負ったコングポップは、大学近くのムーガタ〔タイ風焼肉〕店に足を運んだ。そこは学校の目の前にある食べ放題の店で、安くて便利なためコードナンバーの食事会によく使われている。ほとんどの席は大学生たちで埋め尽くされていたが、彼は店内を見渡し、先輩たちが一番奥のテーブルにいるのを見つけた。

「プル先輩、こんばんは！」

コングポップはクールな目つきの先輩に手を合わせて挨拶した。プルは教科書やお菓子を持ってきてくれた時と変わらず、今日もおしゃれなルックスをしている。今日は初めて会う先輩たちも一緒に食事をすることになっていたので、小柄で可愛い女性と、背の高い男性も同席していた。

「コングポップ、紹介するわ。彼女は三年生のヌムヌン先輩で、彼は四年生のパーク先輩。どちらも同じコードナンバーの先輩よ！」

「こんばんは、遅くなってすみません。長くお待たせしてしまいましたか？」

皆自分と同じ0062ファミリーだと知ると、コングポップは慌てて両手を合わせて挨拶し、初めて会う先輩たちを待たせたことを申し訳なく思い確認をした。先輩たちを待たせるのはかなり失礼にあたることだからだ。だが、ヌムヌンは首を振り、親しみのこもった声で否定してくれた。

「遅れてないよ、私たちも今来たところ。このレストランはいつも混んでいるから、あとから来る人も座れるように席を取りたくて早めに来たの」

「他にも誰か来るんですか？」

コングポップは驚いて言った。人数的に、0062ファミリーはこれで全員揃ったと思っていた。もしかしたら、卒業生も呼ばれているのだろうか？

その予想は半分当たっていた。ヌムヌンは驚きながらプルに聞く。

「あれ？　プルはまだ話してなかったの？　じゃあ、私から説明するわ……実はね、去年卒業した0062のフォン先輩は、同級生のタム先輩と付き合っているんだけど、来月末に結婚する予定なんだ。私たちの学科には伝統があって、他のコードナンバーの人と結婚すると、二つのコードナンバーファミリーは合体するの。だから、今日はタム先輩のコードナンバーファミリーも参加するのよ」

コングポップはその説明にうなずき、やっと状況を理解した。学校にこんな可愛らしい伝統があったとは。そのおかげで、他のファミリーとも知り合う機会が増えるだろう。

「じゃあ、もう一つのファミリーのコードナンバーは何番なんですか？」

「0206よ！　私たちの0062と数字の順番を変えただけなの。だからタム先輩とフォン先輩のカップルは運命だって皆言っているわ」

ヌムヌンがうっとりとした様子で説明していると、四年生のパークは「テレビの見すぎだろ」とツッコミを入れてきた。すると二年生のプルはヌムヌンの肩を軽く叩き、フォローを入れる。

互いに軽口を叩き合っていると、店先にいる数人のグループが揶揄われていたヌムヌンの目に入った。

「あぁ……ちょうど来たわ！」

０２０６ファミリーは外で待ち合わせしてから店に入ってきたようだ。四人同時に入ってきたため、最年少のコングポップは一人ひとりに挨拶する暇もない。

最年長のタムは眼鏡をかけた、塩顔の男性だ。タムの婚約者であるフォンはその逆で目が大きく、中東系のミックスで大変美しい顔立ちの女性だった。彼女は、店内の人々からの注目を集めていることを気に留める様子もなく、こちらに向かってまっすぐ歩いてきた。

「あら！　大学のムーンのコングポップね？　ネットでコンテスト用の写真を見たわ。実物の方が写真よりかなりイケメンだね」

コングポップは照れながら笑みを返したものの、隣の新郎になる予定の人から殺気が漂ってきた気がした。タムは咳払いし、皆を注目させる。

「じゃあ、０２０６ファミリーを紹介するよ！　彼女は一年生のリン、彼は二年生のタッチ、それから四年生のピートだ。三年生のメンバーは用事で遅れてくる」

リンはショートカットで活動的な雰囲気の女の子で、二年生と四年生の先輩は二人とも明るい男子学生だった。その後に００６２ファミリーが紹介された。今後、この二つのファミリーは一つになるのだ。

全員が席に着いたところで食事会が始まった。おしゃべりしながら好きなものを自由に取ってきて食べるブッフェ形式の食べ放題は、大学生にとってとてもありがたい。食べたいものを食べたいだけ食べられ、遠慮する必要がないからだ。人数が多いため、彼らのテーブルにはムーガタ用の鍋が二つ用意されている。それを囲んで高学年と低学年に分かれて座り、どちらのテーブルもリラックスした雰囲気だった。

皆が馴染んできた頃、お誕生日席に座るタムが立ち上がって、店に入ってきた人物に手を振った。

「おい、アイウン！　こっちこっち」

さっき話していた三年生が来たようだ。こんなに可愛い名前なら、きっと女性に違いない――そう思いながらコングポップが振り返ると、そこには驚くべき人物が立っていた。見慣れたショップシャツを身にまとい、まっすぐこちらに歩いてくる姿を見て、コングポップは目を見開く。しかもその人物は、同席している先輩たちに礼儀正しく挨拶した。

「タム兄さん、こんばんは！　もう、〝アイウン〟じゃなくて〝アーティット〟と呼んでくださいって言ってるじゃないですか」

アーティットはこれが命に関わることであるかのように真剣な表情で訴えた。彼にとって重大な問題らしい。だが、本気にとらえていないのか、タムは笑いながら冗談っぽく返す。

「だって、お前のチューレン［ニックネーム。タイ人の姓名は長いためつけられる］は〝アイウン〟

じゃないか！　一年生の時からずっとそう呼んできたんだから、慣れちゃったよ」

「でも今僕はもう三年生で、しかも〝ヘッドワーガー〟なんですよ」

アーティットはヘッドワーガーという言葉をやけに強調した。一年生も同席しているので、なんとか厳格なイメージを保とうと必死なのだ。一年生にこの可愛い呼び名を知られては、ワーガーのイメージがめちゃくちゃになってしまう。特に端っこに座っている一年生にどう思われることか……。

アーティットは店に入ってすぐに、この驚きながらも間抜けな笑顔を晒している者が参加していることに気づいていた。

……もっというと、ここで彼に会うことはわかっていた。００６２という番号は忘れようもなく、記憶に焼き付いている。だから本当は、年長者をみくびる生意気なこの一年生にプレッシャーをかけてやるつもりでいたのだ。だが、今日は運悪く研究の授業が長引いてしまい、急いで駆けつけたものの開始には間に合わなかった。

おまけに、到着した途端にあんなニックネームで呼ばれてしまう始末だ。こんなことになると知っていたら、前もってタムに電話で事情を説明しておくべきだったと、アーティットは深く後悔する。

しくじったアーティットは、うんざりした表情で席に着いた。すでに手遅れだが、先輩たちも彼の様子を見てようやく事情を理解したようだ。

「ははは！　そうか、お前がワーガーになったのを忘れてたよ。でも、チアミーティングはもう終わったんだろ？」

「そうですけど、まだ学科の旗とギアの争奪戦が残っています」

この二つのイベントのために、アーティットはもうしばらくの間、ワーガーとしての威厳を保たなければならない。本当なら、長く伸びた髪を切って髭も剃り、野蛮なイメージから抜け出したくて仕方がないのだが、もうしばらくこの外見のままでいる必要がある。怖い見た目でなければ、一年生はヘッドワーガーの言うことなんて何も聞かなくなってしまうだろう。

「で、旗の争奪戦の内容はもう考えてあるのか？」

かなり重要な話題に、秘密の任務を負ったスパイとしてコングポップは密かに聞き耳を立てた。何か役に立つ情報を聞いて、友人たちと共有できるかもしれない。ところが、アーティットはそれを予想していたかのように、口を固く閉ざした。

「それについてはまだ言えませんが、先輩の時と引けを取らないくらい厳しいのは確かです！」

アーティットは一年生にプレッシャーを与えつつ、コングポップに付け入る隙など与えてはくれなかった。こうしてコングポップの任務は、まさかのアーティットに阻《はば》まれたことで始まる前に失敗に終わった。アーティットはがっかりしている彼を見て、勝ち誇ったような表情をしている。

しかし、その表情は一瞬にして青ざめた。というのも、先輩たちが昔話をしはじめたからだ。

「ああ、そうだ！　お前たちには学校内を走りながら学部の歌を歌わせたっけな！　朝の四時に女子寮の外で大声で歌ってたら、寮母さんにたらいを投げつけられてさ。全員で一目散に逃げたんだよな。あははは！」

（……またきた後輩いじり……先輩お願いです、この状況を察してください。ほら、一年生たちが吹き出しそうになっているじゃないですか！）

アーティットはうつむいてこめかみをさすった。自分と同じコードナンバーの先輩たちは、ヘッドワーガーのイメージを保てるように助けてくれるどころか、アーティットを笑いものにして楽しんでいる。しかも、これ以上どんな恥ずかしい話を始めるか見当もつかない。

このまま続けられたらもっと最悪なことになると察し、アーティットは急いで立ち上がる。

「じゃあ、僕は肉を取ってきますね」

それだけ言うと、彼は逃げるように席を離れ、食材を取りにブッフェカウンターに行った。このあと何をバラされるかわからないが、笑いを堪えている後輩たちを黙って見ているよりましだ。

……本当は別にタム先輩に怒っているわけではない。むしろ仲は良い。

ただ、冗談好きなのはいいが、毎回空気を読まないのが難点だ。ヘッドワーガーの務めはまだ終わっていないので、その場で先輩たちと一緒に笑うことができないというのに。

特に、ここには〝あの〟一年生がいる。楽しそうにアーティットの過去の話を聞くキラキラした目を見ていると、気まずさで頭がおかしくなりそうだった。

(ああああ！　どうしてあいつはいつも一番会いたくない時に限って現れるんだ！)

どうすることもできないアーティットは、ひたすら食べて、この場を乗り切ろうと決めた。皿に山盛りの肉を載せている最中に、野菜もちらっと目に入る。何度も往復するのは面倒なので色々取っていると、結局三皿分になってしまい、両手で持ち帰るのは少し厳しくなってしまった。どうしたものかと考えていたその時、皿の一つを誰かに取られ、助けを申し出る声が聞こえた。

「僕が手伝います」

やはりまた、一番会いたくない時に限って現れた。しかも、今回はにこにこと笑いながらの登場だ。

「先輩のチューレンが〝アイウン〟だって、僕初めて知りました」

「誰がその名前で呼んでいいと許可した！」

アーティットはコングポップを叱りつけた。知られれば彼に笑われることはわかっていたが、まさにその通りになった。だがまさか、テーブルから離れて三分もしないうちに話しかけられるなんて。

……その呼び名は、とても仲の良い友人以外にはほとんど知られていない。その友人たちも、彼を〝アーティット〟と呼ぶことが多い。なぜなら〝アイウン〟と口にするのは違和感があって仕方がないのだ。〝ウン〔暖かさ・温もりという意味〕〟だけでも呼ぶことはできるが、普段チューレンの最初につける〝アイ〟があると、男の名前としては好ましくない気がする。

だからアーティット自身も、この自分に似合わない可愛らしい名前では呼ばせないようにしていた。しかし、その考えに賛同しない者がここにはいるようだ。コングポップはアーティットに尋ねた。

「なぜダメなんですか？　僕は〝アイウン〟先輩っていい響きだと思います」

「もう一度その名前で呼んだら、この場で腕立て伏せをさせるぞ！　……それから、このことは誰にも言うなよ！」

ヘッドワーガーは厳しい口調でコングポップに警告し、彼はしょんぼりした顔でそれを受け入れるしかなかった。

「はい、アーティット先輩」

名前の持ち主は満足げにうなずいた……誰が先輩で、誰が後輩かをはっきりさせ、けじめをつけなくてはならない。彼が皿を持って先にテーブルに戻ろうとすると、後ろからそっと窺う声が聞こえた。

「あの……先輩、足はもう痛くないですか？」

「ああ、もう治った」

「それはよかったです。安心しました」

短いその言葉に、アーティットはふと立ち止まって振り返る。そこに立っていたコングポップは柔らかく微笑んでいた。以前のような挑発的な笑みではなく、心から安心したような笑顔だ。

あの時と同じ表情だ……ふとアーティットは、部屋に来たコングポップに仕方なく看病された日のことを思い出した。

……その笑顔といい、瞳といい、いつも彼の誠実さが満ちている。そのことはこれまでにも、たびたび感じていた。

アーティットは何も言わず、再びテーブルへと歩き出した。皿を置いて、空いていたタムの隣の席に座る。ちょうどタムが話題を変え、一年生たちに話題を振っていたところだった。

「そうだ……一年生の二人はなんでこの工学部に入ったのか、理由を知りたい」

「家から一番近いからです」

リンの答えはテーブルにいた全員を固まらせた。その話題を振ったタムは信じられないと眉間《みけん》に皺《しわ》を寄せたが、彼女はそれが事実だと主張し、その単純な理由に他の先輩たちは吹き出した。

タムはもう一人の一年生――コングポップの方を見る。

「君は？　まさか君も家に近いって答えじゃないよね」

コングポップは急いで首を振って否定してから、実際の理由を説明した。しかしその理由はリンの回答と内容こそ違うものの、同じようにテーブルに沈黙を落とすものだった。

「違います。本当は経済学部に入りたかったのですが、母から工学部を勧められて、それでここを受けました」

一緒に食事をしている皆の視線がコングポップに集まり、全員が何も言えずに黙り込む。アーティットも例外ではなく、肉を食べる手を止めてコングポップを見た。

するとフォンが最初に沈黙を破った。

「あれ……どうして自分が行きたい学部を選ばなかったの？　好きでもないことを四年間も勉強するのは、楽しくないだけじゃなくて、時間の無駄でしょ。……もう一度、お母さんと相談してみたら？　自分の将来は自分のものだよ」

「そう言われたこともあります」

そのことについてコングポップは何度も考えてきた。彼自身は株や経済データの研究が好きで、将来はそういった分野に関連する仕事に就きたいと思っていた。だが、母の期待を裏切ることもできず、彼自身も悩んでいたのだ。

今も、自分の夢を捨てることはできていない。

「そうだな……もし工学部が合わなければ来年もう一度編入すればいいよ。でも今は俺たちのファミリーの一員だし、責任を持って面倒を見てやるから、安心しろよ」

フォンに続いてタムからも励まされ、コングポップは笑顔で先輩たちの優しさに感謝した。こんな素敵なファミリーの一員になれただけでも、ここで学べることを誇りに思える。

……先輩と後輩が固い絆で結ばれ、団結しているのが工学部なのだ。

こうして二つのファミリーの食事会は、笑い声とムーガタの煙に包まれて、楽しい雰囲気で行われた。あっという間に二十時になり、一同は帰る準備を始める。彼らは最年長の先輩に食事のお礼を告げ、それから彼らの結婚に改めて祝福の言葉を贈り、次は結婚式の披露宴で再会することを約束した。

それぞれ帰路に就き、交通手段のない者はタムの車に乗った。近くにモーターバイクを停めているコングポップは、まだ店の入り口に立っているアーティットに声をかける。寮暮らしの彼らは、ここからすぐ近くに住んでいるのだ。

「アーティット先輩、どうやって帰るんですか？」

「お前に関係ないだろ！」

アーティットは話をしたくない時、いつもこうして叱りつけるみたいに話すことをコングポップは知っていた。だが、今はなんだか普段とは違う苛立ちが伝わってくる。もしかしたら、その原因は自分に関係があるのかもしれない。

「僕に何か怒っていますか？　先輩」

相手が怒りをぶつけてくるだろうと覚悟しつつ、コングポップは尋ねた。

「なんで俺がお前になんか怒る必要があるんだ！　お前は俺のなんなんだ？　まだ旗も取っていないくせに。この学部にいたいかどうかもわからないのに！」

立て続けに嫌みな言葉をぶつけられ、頭が真っ白になる。それでもコングポップはなんとか反論しようとした。

「でも、今は僕は工学部の一員です」

「なりたくてなったわけじゃないんだろ？　最初から工学を学びたいわけじゃないなら、なんで入ってきたんだ。工学部に入りたくても入れない人たちがどれだけいるか知らないのか？　軽い気持ちで入ってきて、あとで他に編入するなんて自分勝手だ！」

最後の一言には、彼が自分を軽蔑する気持ちが滲み出ていた。コングポップは混乱して、背筋が冷たくなるのを感じた。コングポップが真剣に考えて決めたことを、どうして彼は認めてくれないのだろう。

「僕には僕なりの理由があります。軽い気持ちではありませんし、工学部の活動にも全て参加しています。それに、学科の旗は真剣に奪うつもりです！」

その言葉を以っても、アーティットの怒りを鎮めることはできなかった。彼は今も冷ややかな目でコングポップを見ている。

「思い上がるな。お前が考えるほど簡単じゃない！」

「僕はやってみせます！」

コングポップは自信を込めて宣言し、諦めのない眼差しでアーティットをまっすぐ見つめ返す。だがそれは、逆にヘッドワーガーの怒りを助長した。

……アーティットは、コングポップが全ての活動に参加してきたことなんてわかっている。だからこそ、彼が真剣に工学部で学ぼうとしているのだと信じていた。だが、実際にはそうではなかった。それなのに、本気を装ってこの学科の旗を奪おうというのか。

（工学部で学ぶ気がないのに、大口を叩きやがって。こいつは先輩と工学部の誇りをなんだと思っているんだ！）

アーティットが怒鳴りつけようとした時、一台のモーターバイクが店の前に停まった。ノットが迎えに来たのだ。アーティットは何も言わず後部座席に飛び乗る。

「どこ行ってたんだよノット、クソ遅い。ちゃんと電話しておいたのに。行くぞ！」

「……あれ、あいつはどうやって帰るんだ？」

両手を合わせて自分に挨拶してきたコングポップを見て、ノットは親切に尋ねたが、彼は無関心に話を切った。

「子供じゃないんだから自分で帰れるだろ。早く出せよ」

どうやらもうコングポップを相手にしたくないらしい。

ノットはわけがわからないままエンジンをかけ、コングポップを残して走り去った。アーティットのイライラとした口調と、一刻も早く帰ろうとする態度から見て、コングポップと喧嘩でもしたのだと思ったのだろう。

「明日、皆を集めて会議だ。旗の争奪戦の計画を変更する。最高にきついのにしてやる！」

「あの一年生がまた何かして、お前を怒らせたのか？」

ノットは呆れて質問を返す。アーティットがこんなに怒っているなら、きっと何か重大なことがあったせいに違いない。しかし、なぜ彼は毎回、同じ人物にばかり腹を立てるのだろう……そう考えているうち、アーティットは彼が何に激怒しているのか説明しはじめた。

「なあ、知ってるか？　あの００６２は本当は経済学部に行きたかったのに、母親に勧められて工学部に入ったらしい」

「それが何？」

「あいつあとでそっちに編入するって言ってた！」

「ふうん、別にいいじゃん！　入ってみて合わなければ編入もありだろ。ウィンを覚えてるか？　あいつも情報学部に編入してたよな」

ウィンというのは、一年生の時に一緒に戦った戦友だ。アーティットはノットの言葉で、水をかけられたように唐突に冷静になった。

（……そうだ。同級生の中でも何人か編入した学生はいるじゃないか）

入学後に工学部が合わなかったり、授業についていけなかったり、環境に適応できなかったりする学生は一定数出てくるものだ。それに彼らの時は特に怒りもしなかったし、その決定を自然と受け入れてきた。

「結局お前はなんでイライラしてんの？　こんなしょうもない理由だけだなんて言わないよな」

アーティットからの返事はない。自分でも、なぜこんなにイライラしているのかわからなかったからだ。

たかが一人の一年生が他へ編入することに、何をむきになっているのだろう。しかも自ら相手に喧嘩を売ってしまうほどに。

気分を害したのは、アーティットがヘッドワーガーだからかもしれない。彼はずっと、一年生が工学部の一員であることに誇りを持てるように懸命に努力してきた。だから、本当は工学部に行きたくなかったという言葉が許せなくなったのだ。

だが、彼をこんなに怒らせたもう一つの理由は……。

「……いや、俺はただ……今日食った肉がイマイチだっただけだ」

アーティットは小さい声で答えた。怒りは小さくなり落ち着きを取り戻したが、心の中の重い気持ちはさらに大きくなるばかりだった。

(……そうだ！　イライラしたもう一つの理由は、あいつのあの言葉を聞いたせいで、ムーガタが全然美味しく感じられなくなったからだ)

……あの一年がためらいながら口にした、他の学部に行きたかったという言葉を。

一年生規則第十五条
ワーガーが課した謎を解き明かすこと

　工学部産業工学科の旗の争奪戦が開催されるのは、チアミーティングの修了式典が終わってから……わずか五日後だ。

　一年生はまだ体力が完全には回復しておらず、掛け声《ブーム》で嗄れた声が治ったばかりであるのに、また新たな挑戦に挑むこととなる。だが、どんなに疲れていても、力を振り絞ってこの戦いに臨むしかない。

　なぜなら、学科の旗の争奪戦は学部のギアの争奪戦と並ぶほど大事な行事で、その過酷さはむしろこちらの方が一段と上がる。ルールはその年のワーガーたちによって決定されるため、毎年内容が異なるのだ。これまでは、一年生が学校中を走りながら学部の歌を歌ったり、油の塗られた高さ五メートルのポールを登ってその頂点にある旗を取ったりしたらしい。

　土曜日の朝七時にグラウンドの真ん中に並んでいる一年生たちは、大学入試の合格発表以上の緊張感に包まれていた。彼らを待ち受ける戦いは予測できないが、いばらの道だということはわかりきっている。

　何人かは決死の覚悟で三年生の中に潜り込み、どんなことが計画されているのかを探ろうとしたのだが彼らの口は堅く、しかも内容を知っているのは少数のワーガーだけだった。それでも、ある情報を入手することができた。とはいえ、それが一年生の救いになるのか、それとも彼らに絶望感を抱かせただけなのかは謎だ。その内容とは……。

……今回の旗の争奪戦は絶対……厳しくなる！

特に、情報収集していた一人であるコングポップは、コードナンバーファミリーの食事会でヘッドワーガーと直接会っていたため、今回の争奪戦は困難を極めるということを確信していた。加えて、争奪戦の難易度を最高レベルにまで押し上げたその原因は、コングポップ自身である可能性が高い。

自分でもわかっていた……ヘッドワーガーの前で堂々と勝つと宣言してしまったことは、彼の気分を害しただろう。喧嘩とまではいかないが、やはり心に引っかかるものがあった。

あの時コングポップがあんなことを言ったのは、決して彼に反抗したり、言い負かしたりしたかったわけではない。彼はただ、アーティットに知ってほしかったのだ。自分たちが、どんなことがあっても諦めずに旗を取りに行くということを。一年生に工学部産業工学科の一員となる資格があると、先輩たちに認めてほしい。

ワーガーの登場をじっと待つコングポップの視線は、リーダーとして先頭に立ち、三年生たちと一緒に歩いてきた彼をまっすぐに射貫いていた。その人は、これまでと同じ厳しい表情で一年生の列の前に立ち止まり、そして、その役割を果たすかのように挨拶をする。

「一年生諸君！　今日は君たちにとって大切な日だ。君たちがこの学科の新しい学生だと我々に認めさせるんだ！」

アーティットがグラウンドを見渡すと、これまでよりも大勢の一年生が集まっていた。さらに彼らはいつもよりきちんとした服装をしている。一年生がこの争奪戦にかける意気込みを、アーティットも感じ取ったようだ。

しかし、いくら人数が多くても、ワーガーが用意した戦いに勝利することは簡単じゃない。

「スタンドにある学科の旗が見えるか！」

一年生全員はスタンドの方を向いた。そこには、階段の上から下まで、さまざまな色の長方形の布が飾られている。

その中で、彼らはえんじ色の旗に注目した。工学部のシンボルであるギアと学科名が白い文字で書かれ、コンクリート製のスタンドの最上段に掲げられている。

「君たちのミッションは、この旗を手に入れることだ！　その方法は私からはいっさい教えない。君たちがすでに私から学んだことと自らの力で、制限時間内に旗を勝ち取ること。タイムリミットは午後七時、もし失敗すれば全員失格と見なす」

説明は簡単だが、内容はそうではない。いったいどうすれば旗を手に入れられるのか、なんのヒントもないのだから。制限時間は十時間以上もある。きっと、何か計り知れない仕掛けが仕込まれているに違いないが、聞きたくても質問することはできない。結論として一年生はただ静かに座って、ヘッドワーガーによるスタートの合図を待つしかなかった。

「準備ができたら始めるように！　さあ、この旗を取りに来るんだ！」

取りに来られるのは大歓迎だとばかりにアーティットは言った。一年生はどうすればいいかわからずに互いに顔を見合わせ、戸惑いながら目を瞬かせる。

スタンドの階段を上がって旗を取りに行くだけなら簡単なことだ。けれど、誰もその場から動こうとはしない。このままだと一年生は、旗を手にすることはできないだろう。

一番前の列に並んでいた男子学生が、同級生たちに押し出されるようにしてスタンドに向かって歩きはじめた。やむを得ず、先鋒《せんぽう》を押し付けられたのである。だが、彼がスタンドの一段目に足をかけると、ワーガーのノットが止めに入った。

「一年生、何をしに来た！」

呼び止められた学生は驚きに足を止め、勇気を振り絞って答えた。

「ぼ……僕は、旗を取りに来ました」

「許可しない！　戻れ！」

拒絶の言葉に彼は秒殺された。だが、それは一年生たちが皆予想していた結果だった。旗の争奪戦では自らの力を証明しなければならず、先輩たちが簡単にはい、と渡すはずがない。一年生が今一番知りたいのは、その方法だ。

「僕たちはどうすれば旗を取れるのですか？」

「それは私が教えることじゃない、君たちの問題だ」

代表者はワーガーに冷たくあしらわれて戻ってきた。それを聞いていたグラウンド内にいる者たちは愕然とし、旗までの道のりの厳しさを理解しはじめる。

なんのヒントも方法も教えてもらえず、ミッションをクリアして、ワーガーたちに認められなければならない……いったいどうしろっていうんだ！　今年の争奪戦を言い表すなら……。

……超難関だ！

コングポップでさえも、争奪戦がこんな形で行われるとは思っていなかった。頭と体力を酷使する単純な試練よりもずっと難しい。出口の光が全く見えない暗闇を歩くようなものだ。

しかし、出口が見つからなくても、二百人以上の学生が知恵を絞ればどうにかなるかもしれない。一年生たちは地面に座り込んで作戦会議を始めることにした。

彼らはグラウンドの中で円の形になるように座る。すると、先ほど学科を代表してスタンドに上がったティウが質問を投げかけ、皆も真面目に議論しはじめた。

「誰か何か思いつかないか？」

「そんなのわかるわけないだろ！　ヒントの一つもないんだから」

感情的になりながら答えたのは、〝オーク〟というネームタグを提げた、ぽっちゃりとした体形の男子学生だ。同級生たちは無言でうなずき、自分たちの不甲斐《ふがい》なさを痛感した。先輩たちが何も説明しないからといって、自分たちが幽体となって彼らの心を読むわけにもいかない。ここは魔術学部ではなく、工学部なのだから。

「もしかすると、アーティット先輩はすでにヒントを出しているのかもしれないわ。もう一度じっくりと考えてみよう？」

メイが手を挙げて意見を言うと、隣に座っていたショートヘアの女子学生も考えを口にした。

「あぁ、そういえば不思議に思っていたの。どうしてスタンドの階段に五色の布が飾られているんだろう？」

その言葉で、コングポップは改めてもう一度スタンドをじっくり観察してみた。ノットは初めに立っていた場所から一歩も動いていない。まるで、黄色い布が飾られている一段目を守っているかのようだ。各段には青、緑、ピンク、赤と続き、最上段に学科の旗が置かれている。

カラフルな布は学科の旗を際立たせるための装飾だと思っていたが、もう一度じっくり考え直してみる。あの五色は、産業工学科となんの関係もない。強いていうなら赤い布は工学部の色と似ているが、階段のステップに合わせて飾られている他の色はまるで……。

「ゲームのステージ？」

コングポップが心の中で思っていたことは、ちょうど隣に座っていた親友のエムによって語られた。エムは普段からゲームをやるのが好きで、その場面を見てすぐピンときたのだろう。彼は続いて自分の考えを説明した。

「あれを見てみろよ。スタンドの階段に色の違う布があるのは、俺たちがクリアしないといけないステージを示しているんだと思う。五色あるってことは、ワーガーたちはステージを五つ用意しているはず。だけど……何をどうやってクリアするのかは、見当もつかないよ」

その現実味のある仮説には可能性を感じたが、何をクリアしないといけないのか、どこから始めるのかが問題だ。

コングポップも眉間に皺を寄せながら考える。他の同級生たちと同じように、強烈なプレッシャーを感じていた。

彼らはそれぞれ、あらゆる可能性に考えを巡らせた。コングポップは、特にアーティットが話したことを思い返してみる。

（……先輩は本当に何も言ってなかったか？　それとも何か見落としてるのだろうか……？）

〝君たちがすでに私から学んだことと自らの力で……〟

先輩たちが教えてくれた全てのこと。

先輩たちが伝えたかったことは、ただ一つ……。

「……〝ＳＯＴＵＳ〟」

コングポップは独り言のようにつぶやいたが、隣に座っていたエムの耳には届いた。

「なんて言った？」

「〝ＳＯＴＵＳ〟かもしれない。先輩が僕たちに教えてくれたこと」

わからないながらも説明すると、その言葉にエムは、行方不明だったパズルのピースを見つけたかのように目を輝かせた。

「そうだ！　もし〝ＳＯＴＵＳ〟ならぴったりじゃないか。階段の五つの色は、僕たちがクリアしなきゃいけない五つの文字を表しているんだ！」

謎が解けたかのように、エムは笑顔でコングポップの肩を叩いた。それから身振り手振りを交えて、同級生たちに説明する。この仮説が正しいかはわからないが、このまま時間を無駄にするよりは試した方がいい。一年生たちは一つ目の単語について話しはじめた。

〝Seniority――先輩に対する敬意〟

「で、どうやって敬意を示すんだ？　立ち上がって全員に挨拶でもするのか？」

同級生たちの中から疑問の声が上がる。

……先輩に敬意を示す。最も簡単な方法は両手を合わせて挨拶をすることだ。それはワーガーがこれまでずっと一年生に要求してきたことで、目上の人に敬意を示すのはこの国の伝統的な文化であり、マナーだとされている。だが、二百人以上いる一年生が同時にワーガーに挨拶をするのも少し奇妙な感じがするし、これでクリアできるとは思えない。何か別の方法があるはずだ。

先輩たちへの敬意をはっきり示す方法が……。

「ワーガーが敬意を示すべき相手は、四年生の先輩だ。四年生が講堂に入ってきた時のことを覚えているか？」

突然オークが円の真ん中で立ち上がり話しはじめた。その言葉をきっかけに、一年生たちは当時のことを思い返す。四年生が講堂に来て、三年生に自らを罰するように命じた時のことだ。一つ目のミッションは、学科の最上級生である四年生と関係があるに違いない。そうなると、四年生の先輩に協力してもらえれば、最初のミッションをクリアできるかもしれない。

「誰か四年生の先輩の電話番号を知らないか？　学年代表の番号がわかればいいんだけど。なんなら二年生と三年生の番号も全部！　片っ端から先輩たちに連絡してみよう！」

方向性が定まると皆、がやがやと騒ぎ出した。他の学年の先輩たちまで巻き込むことになるが、どの学年も一年生たちの先輩には違いない。

こうして、四年生の学年代表を捜し出す作戦が始まった。まずは同じコードナンバーの先輩たちに電話をかけ、彼らにグラウンドまで来てほしいと頼み込んだ。だが、ほとんどの先輩たちはその要求に応じなかった。今は朝の八時で、しかも土曜日だ。そのため、何人かがモーターバイクで先輩の寮まで迎えに行き、グラウンドまで来てもらう作戦にする。

すると先輩たちの何人かは連絡を受けて、一年生の旗の争奪戦を見にグラウンドまで来てくれることになった。

一年生たちは最終的に、最重要人物としてディアに目標を絞った。四年生の学年代表であり、三年生のワーガーたちに罰を与えた人物であり、元ヘッドワーガーでもあるからだ。

そして皆の協力の末、連絡を受けたディアは、何が起きているのかよくわからない様子でゆっくりと車から降りてきた。一年生から事情を説明されると、彼はなるほどというように笑い、そして「お前たちのワーガーは本当に大したもんだよ」とぼやいた。

全ての条件は整った。あとは一年生からの〝Seniority〟を示すのみだが、もちろん両手を合わせて敬意を示すだけじゃないはずだ。連絡の繋がった先輩たちに相談してアドバイスをもらった結果、〝Seniority〟には経験豊富な先輩を尊重するという意味もあり、しかも〝謙虚な気持ち〟で先輩たちに認めてもらう必要があるということがわかった。

そこで、一年生は大きな声でグラウンドに集まった先輩たちに問いかけた。

「先輩！　僕たちを先輩方の後輩にしていただけないでしょうか！」

「もちろん問題ない！　皆はどう思う？」

ディアは快い笑顔と共にうなずき、二年生と三年生の学年代表も同意を示した。それからディアは、階段の一段目に立っているワーガーに向かって叫んでみせた。

「そこのワーガー！　一年生たちはこれで合格か？」

ノットはぴくりとも動かずに立っている。一年生はもう一度、先ほどのティウをスタンドに送り込んだ。

「先輩、僕たちに旗をくれませんか？」

グラウンドに集まった全員が、息を吞んで状況を見守る。特にこの作戦を提案したコングポップは全身に冷や汗をかいていた。もし間違っていたら最初からやり直さなければならず、皆の時間を一時間以上も無駄にしたことになる。ヘッドワーガーが示してくれた言葉を信じて祈ることしかできない。コングポップは緊張した様子でまっすぐに前を見た。グラウンドは静まり返り、まるで時間が止まったかのようだ。

するとノットは静かに動き出し、身体をくるりと九十度回転させて促した。

「どうぞ」

許可の声を聞いた一年生たちは大喜びで歓声を上げた。

ついに一つ目のミッションをクリアしたのだ。コングポップとエムはハイタッチし、グラウンドには歓喜の声が上がり、一年生全員が大はしゃぎした。まだ旗は取っていないものの、少なくとも正しい方向に進んでいる。前進できたということは大きな励みになった。

階段の二段目には、ノットに代わって別のワーガーが立っている。次は〝SOTUS〟の二つ目の文字に関係するミッションだ。

〝Order――秩序を守る〟

一年生たちは皆、きちんと大学の制服を着ている。だが、これだけではワーガーが受け入れるには不十分だろう。他にも何かあるはずだ。毎回のチアミーティングでワーガーたちが強調していたこと、それができなくて罰を受けていたこと……。

「……〝整列〟」

この結論に一年生の顔は青ざめたが、満場一致のものだった。おそらく最も簡単で、今すぐにでもできる方法だ。何せ彼らは、十九時までに全てのミッションをクリアしなければならない。

一年生はすぐさま自ら号令をかけ、整列を始めた。時間を測り、これまで最短で整った隊列を作る。女子学生は走る距離が短くなるように気遣い、疲れた学生は休憩できるよう申告させる。何度も走ってはまた整列し、そのたびにワーガーに合否を確認した。正午になろうとした頃、一年生が待ちわびていた一言がグラウンドに響いた。

「合格！」

再び上がった歓声には、疲れ果てた声が交ざっている。

昼休憩になり、一年生は息を切らしながら、ゆっくりとグラウンドの片隅に集まった。福祉班の先輩たちが準備していたお弁当を皆に配ってくれて、一年生は輪になり、昼食をとりながら次のミッションについて話し合う。

「次の〝Tradition〟はどうする？　産業工学科にはどんな伝統があるんだろう？」

〝Tradition——伝統の継承〟

コングポップはカオパット〔チャーハン〕を食べながら、先ほどのエムの言葉を考えた。まだ入学したばかりなので、学科の伝統については聞いたことがない。だから答えを知る人がいるとしたら、それはこの学科に長い先輩たちに違いない。そこで、彼らはディアに助けを求めることにした。ディアは朝からずっと近くで今年の旗の争奪戦を見守っていたが、残念ながら一年生たちは答えを得ることができなかった。

「伝統なんてないよ！」

「本当にないんですか？」

クラス一美人なマプランがなんとかして話を聞き出そうとすると、困ったディアは迷いながらも話しはじめた。

「えーと……これが関係しているかどうかわからないけど、毎年やっていることはある。正月にサッカー大会を開くんだが、試合が終わったあとは全員でゴミ拾いをして、それから皆でご飯を食べるんだ」

一年生たちは互いに顔を見合わせた……今からサッカーをする時間はないし、食事もおそらく関係ないだろう。そうなると、残るはゴミ拾いだけだ。

とはいえ、二百人以上の一年生でグラウンドのゴミ拾いをするなんて、あまりにも簡単すぎる。この際、大学の構内全体のゴミ拾いをするべきだろう。

その後、一年生たちは午後の時間を利用し、手分けをして校内のゴミ拾いを始めた。これが〝伝統〟にあたるのか確信は持てなかったものの、少なからず自分たちの大学にとって役に立てることであるのは間違いない。そのこともあってか、このステージを担当した女性の先輩は、甘めな採点で合格判定を出してくれた。ただ、そこでかなりの時間を取られてしまった。

すでに時計は十六時近くになっている。第四ステージへ急いで上がらなければならない。

〝Unity――団結〟

皆で応援歌を歌う以上にぴったりのことはないだろう。

……太鼓と音楽の準備は整った。もちろん、何よりも重要な一年生の〝団結〟は準備万端だ。

彼らは大声で学科の歌、学部の歌から校歌までを歌った。さらに、レクリエーション班から教わった全ての歌とダンスを踊り、グラウンドは一気に楽しい雰囲気に包まれる。するとグラウンドには学科の先輩たちが集まってきて、一年生を応援しはじめた。

太陽が傾きかけた頃、最後にもう一度校歌を歌うと、ついに第四ステージをクリアできた。

朝からずっと戦い続けている一年生たちは、すでに疲れきっている。だが、まだ最後の重要なステージが残っていた。

〝Spirit——思いやりの精神〟

一年生たちの運命を左右する最後のステージだ。この重大ミッションを担当する資格があるのは、ヘッドワーガーのアーティットしかいない。彼は赤い布が飾られた最後のステージに立ちはだかり、その背後には学科の旗が風になびいている。十九時までは、残り一時間だ。

「どうする？　これが一番難しいはずだろ。先に言っておくけどさ、走るのはもう無理だぞ！」

コングポップはぼやくエムの隣に座った。何曲も歌い続けたせいで、愚痴をこぼす声さえも掠れている。コングポップも体力の限界を迎えていて、もしグラウンドを走って〝思いやりの精神〟を見せるとしたら、このステージをクリアすることはできないだろうと思った。

考え込んでいるうちに、時間は刻一刻と過ぎていく。

顔を見合わせる一年生たちの表情には、どれも不安が滲み出ている。どうすれば最後に待ち構えている悪魔のステージをクリアできるのか、見当もつかない。

コングポップはスタンドに立っている人物を仰ぎ見た。アーティットは休めの姿勢から微動だにせず、一年生の次の行動をただじっと待っている。

彼の表情も眼差しも毅然としていて、容赦など全くない。これまで見てきたものと同じだ。彼が大雨の降る夜にグラウンドを走っていた時も……。

（……んん？　待てよ……）

その瞬間、何かが引っかかった。何が気になったのかをコングポップは必死で考え、頭の中で処理してから急いで同級生に呼びかけた。

「皆、ちょっと聞いてくれないかな」

全員の視線が、円の真ん中に立ち上がった彼に向けられる。

……まだ確信は持てないが、これがアーティットのステージをクリアし、皆で旗を奪い取る唯一の方法かもしれない。

コングポップは深呼吸をすると、スタンドの最上段にいるアーティットをまっすぐに見据えながら、ゆっくりと話しはじめた。

「僕の考えた作戦は……」

一年生規則第十六条
ワーガーに〝精神〟を示すこと

現在、時刻は十八時十五分。

太陽はすでに西に傾きはじめているが、もう一つの太陽〔〝アーティット〟には太陽という意味がある〕はスタンドの上からぴくりとも動かず、工学部産業工学科の旗を守り続けている。

ヘッドワーガーが立っているその位置からは、一年生が作戦会議をしている様子や、他の学年の学生たちがこの戦いを見守っている様子がよく見える。同じ学科の先輩たちは、噂の残酷極まるラップノーンの集大成を一目見ようと集まってきていた。旗の争奪戦は期限の時間が迫ってくるほど、いっそうの盛り上がりを見せている。

学科の旗の争奪戦は簡単といえば簡単だが、難しいといえば限りなく難しい。特に一つ目のミッションは最も難しいものだった。ワーガーたちの考えを読むことができなければ、旗を得るための方向性すら見いだせないからだ。スタンドの階段に飾られた五色の布が、五つのミッションを表しているということ以外にヒントはいっさい与えられない。しかも、布の色から考えただけでは、その組み合わせは数百通りにも解釈できる。

アーティットは、一年生がこのミッションクリアの糸口を見つけるまで、半日はかかるだろうと思っていた。しかし、驚いたことに、彼らは三十分足らずでたどり着いたのだ。

——〝SOTUS〟という答えに。

たまたま運が良かったのか、それとも一年生を過小評価していたのだろうか。一年生はワーガーたちが必死に考えて用意した難関を、いとも簡単に突破してみせた。だが、この答えにたどり着いたのも当然といえばその通りだ。それは、先輩たちがチアミーティングでずっと強調してきたことなのだから。

しかし、彼が〝SOTUS〟というテーマを選んだ一番重要な理由は他にある。それは、〝SOTUS〟が一年生の〝精神〟を証明するのに一番ふさわしい基準だったからだ。

実は、ワーガーたちが歴代の争奪戦を通して試したかったものは、一年生たちの団結だけではない。目上への敬意と、責任感と、助け合う態度も試されている。それはラップノーンが終わったあとも、これからの四年間の大学生活において、友達との協力が必要な活動があるからだ。

要するに、旗の争奪戦にはさまざまな目的が込められていて、その何もかもが、一年生にSOTUS制度を心から理解してもらうためのものだった。そして、一年生がミッションをクリアできるかどうかは、完全にワーガーの判断に任されている。ワーガーが一年生の努力を評価するなら、ミッションはクリアとなる。だから一年生がこれまでの四つのミッションをクリアした件について、誰も異論を挟むことはない。

だが、最後の〝Spirit——思いやりの精神〟は、そう簡単にはクリアできないだろう。

特に、このミッションを担当しているヘッドワーガーの判断基準が厳しいうえに、最も内容が難しい。そして一年生は、限られた時間の中で〝思いやりの精神〟を示さなければならない。彼らはプレッシャーを感じながらも、真剣に作戦会議を続けている。そしてついに……一人また一人と立ち上がり、どうやら総意が決まったようだ。

アーティットは、一年生がグラウンドの中央に集まり整列する様子を眺めていた。彼らがどんな作戦を考えてきたのかはわからないが、それを考えたのはあの人物に違いない。そいつのことを考えると、隊列から目を背けたくなるが、残念なことに彼はスタンドへとまっすぐ歩いてくる。一歩ずつ階段を上り、ついにアーティットの目の前まで来た。

……そこに立っているのは0062、コングポップだ。

「何をしに来た？」

「一年生を代表して来ました。アーティット先輩、グラウンドに来てもらえませんか？」

その頼みを聞いて、アーティットは驚いた。

（まさか、こんな風に協力を仰いでくるなんて！　一年生はこれまで一生懸命に自分たちの力を証明し、力を合わせてミッションをクリアしてきたのではないか？　最後のステージを目の前にして、どうして自分たちで何もしようとしない？　一年生たちはこんなことで自分から旗を取れるとでも思っているのか？――ヘッドワーガーも舐められたものだな！）

アーティットは不満を表情に出しつつも、気持ちを抑え、いつもの厳しい表情と傲慢《ごうまん》な態度で尋ねる。

「なぜ、私がグラウンドに降りなければならない？」

「僕たちの〝精神〟をアーティット先輩に証明するためです！」

コングポップの説明を聞いて、アーティットは状況を理解した。一年生はグラウンドで何かを見せたいのだろう。だが、アーティットは後輩の要求をすんなり受け入れる性格ではない。何より彼らが犯した最大のミスは、自分と最もそりの合わない人物に交渉を任せたことだ。

（……今回も絶対ろくなことにならない……こいつが相手だといつも話がこじれる）

最近だとコードナンバーファミリーと食事をした時のことだ。コングポップが本当は工学部ではなく、経済学部に行きたかったと聞いた。だったらなぜ一生懸命に学科の活動に参加しているのか？　もし編入するなら、この争奪戦に参加することに意味はない。なぜなら、自分の精神の軽さを証明することになるのだから。

しかしコングポップは、あの日と変わらない眼差しで、旗を手に入れるのだと自信を持って主張している。より不快に感じたアーティットは、苛立ったまま皮肉を言い放った。

「君たちの〝精神〟を証明するだと？　それなら、まずは自分に工学部の精神があるか、自分の胸に手を当てて聞いたらどうだ！　言ったはずだ。本気じゃなければ、お前にこの旗を取る資格はないと！」

的確な罵倒にコングポップはまたもや心が痛んだが、それは予想していたことだった。

……アーティットがまだあの夜のことを気にしているのは知っている。だが、コングポップも彼の気持ちをわかったうえで、勇気を振り絞ってここに来た。自分の考えと立場を伝えてなんとか誤解を解きたいと思っているし、アーティットの性格を考えるなら、自分が折れなければならないことも理解している。コングポップはただ、彼にわかってもらいたいだけなのだ。

「……アーティット先輩」

コングポップは柔らかい口調で切り出した。その話し方には効果があったようで、アーティットは思わず視線を寄越し、続く言葉を待っている。

「……最初から工学部に入りたくて入ったわけではないのは確かです。でも僕は、工学部に入って後悔したことはないんです。ここで勉強したことや、友人や先輩たちに出会えたことを誇りに思っています。僕の工学部への愛を疑うとしたら、それは間違いです。僕も仲間たちも、心から工学部の一員になりたいと思っています。だから、先輩たちに認めてもらうために今まで頑張ってきたんです。僕が言っていることが真実かどうか知りたければ、一緒にグラウンドに降りてきてくれませんか……お願いします」

コングポップの声音に、「グラウンドに来てほしい」と最初に頼んだ時のような鋭さはない。何かを懇願するような切実な言葉だった。

……以前にも同じようなことがあった。寮の部屋にやってきたコングポップに薬を飲まされた時だ。不思議なことに、そんな態度を取られると、アーティットはいつも何も言い返せなくなり、黙って彼の言い分を受け入れてしまう。

　グラウンドに整列している一年生を、アーティットはそっと見渡した。残り時間は三十分ほどなので、コングポップの要求を無視してミッションのクリアを阻止することもできる。だが、一年生がどうやって〝精神〟を示すのかが気になるし、合格させるかどうかは結局自分次第だとアーティットは思った。

「まあいいだろう、グラウンドに降りてやる」

　ヘッドワーガーはそう短く言って鷹揚《おうよう》にうなずいた。コングポップはほっとして、彼のために道を空ける。アーティットは一年生の近くまで行くと、大きな声で言った。

「どうやって私に〝精神〟を見せるんだ」

　コングポップは再び隊列の前に出てきて、はっきりとした声でアーティットに答えた。

「今日の僕たち全員の精神は、全てワーガーの先輩たちの精神から生まれました。先輩たちがいなければ、この精神を手に入れることはできませんでした。だから、先輩たちの精神に心からの感謝を示したいと思います！　一年生！　整列！」

　コングポップが声をかけると、一年生はヘッドワーガーを取り囲むように並んだ。二百人以上の学生が大きな円を作る。その中央にたった一人で立つアーティットは、驚いた表情を浮かべた。

（……どういうことだ？　一年生は何を考えている？　〝一年生の精神はワーガーの精神から生まれた〟とか〝心からの感謝を示す〟って、いったい何をするつもりなんだ……）

「一年生の精神を示します！　始め！」

コングポップが声を上げると、その答えはすぐに明らかになった。

「アーティット先輩の指導に感謝します！」

「アーティット先輩、ありがとうございました！」

「ありがとうございました！」

「本当にありがとうございました先輩！」

その後の約一分の間に、アーティットはその〝精神〟が何かを知った。

一年生は一人ずつ順番に声を上げ、そしてその言葉には必ず〝ありがとう〟というメッセージが込められていた。彼らは感謝の思いを、直接アーティットに伝えはじめたのだ。

この人は、さまざまな場所から集まった後輩たちの心を一つにするために刺激を与えてくれた。

この人は、毎日のように遅くまで学校に残り、活動のための準備をしてくれた。

この人は、雨の中グラウンドを五十四周走り通して、自分の言葉の責任を取ってくれた。

……この人は、誰よりも精神を重んじ、一年生に〝ＳＯＴＵＳ〟の最後の一文字を教えてくれた。

〝Spirit〟――この言葉は、思いやりという意味の他に、行動に伴って〝心を捧げる〟という意味もある。

それは、一年生たちが、厳しい訓練を通してワーガーたちの本音に触れ、そして少しずつ実感してきたものだ。

彼らはその積み重なった〃心を捧げる〃という思いをアーティットに伝えたかったのだ。

一年生の感謝の声こそが、彼らが思う、先輩たちに見てもらいたい〃精神〃だった。

最後の一人が感謝の言葉を言い終えると、コングポップは最後の号令をかけた。

「一年生、ヘッドワーガーに学科の掛け声《ブーム》で感謝を示します！　始め！」

アーティットを取り囲んでいた一年生たちは互いに肩を組み、頭を下げた。身体は疲れきっていたが、最後の力を振り絞り、これまでにないほど大きな声を張り上げる。

その全ては、尊敬するヘッドワーガーに感謝を示すためだ。

グラウンドに集まった先輩たちは感心し、今年の一年生を高く評価した。一年生がヘッドワーガーを恐れず、彼に向かって自主的に掛け声《ブーム》を上げるところなんて、これまで見たことがなかったからだ。

グラウンドにいる二百人もの一年生たちは、今、たった一人の先輩のために思いを一つにして、叫び声を上げている。

……この力強い光景に、一年生たちの〃心〃が捧げられている。

しかし、ヘッドワーガーの反応は、他の先輩たちとは全く異なっていた。一年生たちの掛け声《ブーム》が終わると、彼の身体はまるで怒りが限界に達した時のように静かに震え出し、彼は唐突に声を荒らげた。

「君たちはこれで私に合格させてもらえると思ったのか！　悪いが、私は認めない！」

アーティットはそう言うと、早足で一年生たちの円陣から抜け出し、スタンドの方へ歩いていった。止めようとした者を一喝し、スタンド裏に消えていく。一年生たちは戸惑い、呆然とグラウンドに立ち尽くすしかなかった。

これが、ヘッドワーガーによる最終評決……不合格だ。

コングポップは一気にどん底まで突き落とされたような気分だった。自分がこの作戦の発案者だからだ。エムの話からヒントを得て、アーティットが誰の助けも受け入れずにグラウンドを走り続けた時のことを思い出して、この作戦を思いついた。

そして、同級生たちと共に、〝ＳＯＴＵＳ〟の精神を身をもって教えてくれたアーティットに、感謝の思いを伝えたいと思ったのだ。

だが、それは完全に失敗に終わった……一年生はアーティットに認められなかっただけじゃなく、彼をさらに怒らせてしまった。しかも一年生全員を道連れにして。コングポップは申し訳ない気持ちでいっぱいになり皆に謝罪したが、何人かの同級生たちは、皆で決めたことだからと彼を慰め他の方法を模索しはじめた。

だが、時計の針はすでに十九時を指している。時間に気づいて一年生が愕然としたその時、ノットがスタンドから大きな声で言い放った。

「一年生、整列！　早くしろ！　時間だ！」

彼らは混乱しながらも、号令に従って小走りで整列した。彼らの多くはまだ名残惜しそうに旗を見上げている。

……残りあと一つだけ、もう少しでたどり着けたのだ。朝から晩まで全力を出し尽くしたのに、全て無意味だったことになる。

「誰が旗を見ていいと言った！　お前たちに旗を見る資格はない！　全員顔を伏せろ！」

ワーガーの言葉が傷ついた心に深く突き刺さる。それでも一年生は命令に従い、絶望しながら顔を伏せた。堪えきれずに泣き出す者もいた。

太陽はとっくに沈んでおり、照明が何一つ灯されていないグラウンドは暗闇に包まれている。

旗の争奪戦の終幕にふさわしい情景だ。グラウンドは静まり返り、辺りには鬱屈とした空気が漂っていた。

その時だった——美しい歌声が風に乗って聞こえてきたのは。

「ラ……ラララ……ララ……ララ……」

皆が顔を上げ正面に目を向けると、レクリエーション班の先輩たちが、手にお守りの入った箱と小さな蠟燭《ろうそく》を持って、歌いながらこちらへ歩いてきた。その後ろには百人近い先輩たちも続いている。

彼らは一日中、グラウンドで一年生の挑戦を見守っていた先輩たちだ。彼らは、それぞれが持っていた蠟燭に火をつけながら、暗闇の中にいた一年生を光の帯で包んでいく。
そして、歌声が大きくなった……。

「ああ……私はここで、すぐ傍であなたを慰めたい、離れたくない
疲れることはないわ、あなたを心から愛しているから
……ラララ、ラララララ、ラララ

あなたを受け入れたから、あなたは私の心の中にいるの、あなたを愛し敬います
……ラララ、ラララララ、ラララ

悲しみを手放して、痛みを捨てて、あなたに良いことがありますように
長くて白い紐を……ラララ、ラララ
その手首に結び……ラララ、ラララ

あなたの心に結ぶように、いつまでも
……ラララ、ラララ
……あなたの心に結ぶの」

先輩たちが歌い終わっても、多くの一年生はまだ状況が呑み込めないままだった。一部の学生は何が起きているのかわかりはじめたようだが、とっさのことに反応できないでいる。

そして、ノットによって次の指示が下された。

「一年生の代表者は前へ！」

先ほどと同様に代表として押し出されたティウは、怯えた様子でスタンドへ歩いていく。彼はまだ状況を理解できておらず、ワーガーたちから何を言われるのかと恐怖を感じていた。ノットはスタンドの一段目に立って、値踏みするようにじっとティウを眺める。

そして最後に、全員が待ち望んでいた言葉が響いた。

「上がって、君たちの期の学科の旗を受け取るんだ」

最後の指示が出された瞬間、グラウンドには驚きと歓喜の叫びが上がった。一年生全員が、スタンドの最上段に上がっていく彼に注目している。

……旗を手にすると、ティウはそれを空高く振りかざした。

それは、一年生が勝利した最高の瞬間だった。

彼らが産業工学科の正式な一員になり、そして正真正銘の工学部の学生になった瞬間だ。

続いて、〝後輩を受け入れる《ラップノーンの》〟重要な式典が始まった。一年生の腕に白い紐でできたお守りを結ぶことで、歓迎の意を示すセレモニーだ。

各学年の先輩たちが、自分の前に並ぶ一年生一人ひとりの腕にお守りを結んでいく。中でも、ワーガーたちの前には長蛇の列ができていた。彼らは今、凶暴な仮面を外し、まるで別人になったみたいに穏やかな表情をしているからだ。一年生は先輩たちと打ち解け、グラウンドは温かい雰囲気に包まれた。

だがそこには、ある人物の姿だけが見当たらない。

コングポップは、ワーガーたちの中にアーティットの姿がないことに気づく。彼はスタンドの裏に行ったきり出てきていないようだ。コングポップは彼の身に何か起きたのではないかと心配になった。

何があったのか全くわからない。アーティットが〝認めない〟と言ったばかりなのに、すぐあとにノットが出てきて〝旗を持っていけ！〟と許可をしてくれた。先輩たちの間で何か話し合いがなされたのか、どのように合意に至ったのか見当もつかない。

……だが、自分はあの時アーティットを怒らせた張本人だ。そう考えると、どうしても彼に謝っておきたいと思った。

コングポップはお守りを結ぶ先輩たちの前には並ばず、グラウンドから出ていったアーティットを捜して歩きはじめる。すると、その途中でファーンとばったり会った。

「あらコングポップ！　こっちに来て、お守りを結んであげるわ」

左腕には腕時計をしているため、コングポップは先輩に右腕を差し出す。そして、祝福の言葉に耳を傾けながら、先輩が丁寧に白い紐を結んでくれる様子を眺めた。

「あなたの大学四年間の生活が充実した日々となりますように。学業も、恋愛もね！」

「ファーン先輩、ありがとうございます！」

コングポップは両手を合わせて感謝を示した。工学部には、彼女のような優しい先輩がいる。この学部に入ってよかったと改めて感じた。この気持ちは、彼に宣言した時と何も変わらない。

だが今自分が一番会いたいあの人は、いったいどこにいるのだろう。

コングポップはファーンに尋ねてみることにした。

「あの……ファーン先輩、アーティット先輩を見ませんでしたか？」

「あぁ、アーティット？　多分スタンドの裏にいると思うわ」

ファーンは不思議そうな顔で答えた。何やら笑いを堪えているようにも見える。そして別れ際にもう一本、新たなお守りを渡してくれた。

「これを持っていくといいわ。ついでにアーティットに結んでもらいなさい！」

ファーンは微笑み、グラウンドの方へ歩いていく。それを見送ってから、コングポップはスタンドの裏へと向かった。そこは暗くて、足元すらもよく見えない。

だが、目的の人物はこちらに背中を向けて立っていた。

「アーティット先輩！」

少し驚いた様子で振り返ったアーティットの表情を見て、コングポップも驚いた。

怒っているようには見えず、それどころか、真っ赤になった彼の目には涙が滲んでいる。それを見て、コングポップは慌てて尋ねた。

「アーティット先輩、どうしたんですか？」

「なんでもない！　今日は暑いから顔を洗いに来ただけだ！　なんだ、何か用でもあるのか？」

アーティットは慌てて平静を装い、早口に否定したが、明らかに何かを隠しているようだ。それを見たコングポップはだいたいの事情を察し、素直に誤魔化されることにした。

「なんでもありません」

「ないならグラウンドに戻るんだ。今お守りを結んでいるだろ？　どうして途中で抜けてきたんだ」

ヘッドワーガーはコングポップを追い返すように言い、自分もグラウンドに戻ろうとする。

「待ってください、アーティット先輩。これを結んでもらえませんか？」

コングポップの一言で足を止め、アーティットは彼が取り出した白い紐を見た。

いったい誰からこれをもらってきたのかは知らないが、先輩として伝統にのっとり、後輩の腕にお守りを結んでやらなければならない。

アーティットは目の前にいる背の高い後輩を見た。すでにお守りが結ばれている右手が差し出されるのを待っていたら、このクソガキはなぜか急に気が変わったようで、左腕を差し出してくるではないか。

「やっぱりこっちに結んでください」

さっきまで迷っているようだったコングポップが左腕の時計を外すと、アーティットは不機嫌そうにぼやく。

「面倒くさいやつだな！」

そしてアーティットはコングポップの左腕にお守りを結びながら、そっと言った。

「……俺のために旗を大事にしろよ」

短い言葉だったが、そこには大きな意味が込められていた。

この言葉は一年生を、コングポップを工学部の後輩として——そして、産業工学科の一員として、ようやく認めてくれたことを意味する。

「心から大事に守ります」

コングポップは満面の笑みで答えた。しかしアーティットは面倒くさそうな様子で、適当にお守りを結んでパッと手を放す。

「ほら、もう行け」

「ありがとうございます、アーティット先輩」

「おう」

ヘッドワーガーは素っ気なく答え、グラウンドに戻ろうとしたが、再びコングポップに声をかけられた。

「待ってください……」

「まだ何かあるのか！」

二度も呼び止められたアーティットは、怒鳴りながら振り向いた。すると、コングポップはかすかに笑みを浮かべながら、彼が目を見開くような言葉を発した。

「もしまた泣きたくなったら僕に教えてください。一人でこっそり泣かないで、僕に涙を拭かせてください」

「コングポップ！」

背後から罵詈雑言が弾のように飛んできたが、もう遅い。コングポップは言い終えるやいなや、逃げるように身を翻してグラウンドへ戻ったからだ。

今度こそ、アーティットを本当に怒らせてしまったかもしれない。自分でも理由がわからないが、怒らせるかもとわかっていたのに、コングポップはつい伝えたかったことを口に出してしまったのだ。

だが、不思議なことに、これまでのようにしこりを残すような別れ方にはならなかった。

……それはきっと、自分の〝心〟がその人の〝心〟に届いていると知っているからかもしれない。

……また一歩、前に進むことができた。

一年生規則第十七条
ワーガーへの先入観を捨てること

——一つ山を越えると、またさらに高い山が現れる。

旗の争奪戦のあとには〝中間試験〟がある。

その中間試験まで、あと一週間。一年生にとって大学生活はまだ始まったばかりで、毎日が新鮮なことばかりだ。

チアミーティングと旗の争奪戦をようやく終えて、ついに思いっきり羽を伸ばせると思った彼らは、またすぐに次の現実へと引きずり戻された。

しかも、この現実は容易なものではないかもしれない……一部の学生にとっては地獄だ！

特に入学したての一年生は初めての試験なため、上級生たちよりも緊張していた。大学の試験は高校とは全く違う。赤点を取れば、場合によっては留年したり、休学を命じられたりする。留年が決まると、教授や大学に顔の利く大物にどんなに頼み込んだとしても回避することはできない。

科目によっては一年の一学期にしかない授業もある。もしその科目が必修科目で、試験に不合格になった場合、それに関わる他の必修科目を受けることができなくなるのだ。そうなると、二年生になる同級生たちを見送り、来年新入生たちと一緒にもう一度授業を受けることになる。そのため、先輩が後輩になり、そのまま地縛霊になって、来る年も来る年も同級生との出会いと別れを経験させられてきた者も少なくない。

しかも、工学部の一年生たちには悪夢のような必修科目があった。

それは――〝微分積分Ⅰ〟だ。毎年この科目で大勢の学生が唯一のFの成績を取っている〔タイの成績の付け方は幾種類かあり、評価方法は学校によって異なる。ここではA～Fでの評価〕。

この大学の工学部は微分積分の試験が難しく、どの大学よりも残酷な教授が多いことで知られている。合格するのは先祖のご加護のおかげで、〝A〟を取るなどということはまさに奇跡といえるだろう。その難しさときたら、試験前に学校のお地蔵様にお参りして、なんとか助けてもらえるようこっそり頼み込む学生までいるという話だ。

だが結局、試験で最後に頼れるのは自分だけだ。彼らは自らの頭と手を使って、この難関を突破しなくてはならない。それでも、経験豊富な先輩たちにこっそり助けを求め、試験勉強を手伝ってもらう一年生も少なくない。

幸い、何人かの産業工学科の先輩が、一年生のために〝ラストスパート講座〟を開いてくれることになった。そうして今、五十人近い一年生が工学部の校舎の前に集まり、地面に座って講座を受けている。先輩はその場にホワイトボードを用意して、一年生たちに試験の傾向と対策を説明し、授業のまとめを行っていた。

しかし、優秀な先輩たちの説明とはいえ、その内容は一年生に頭痛を起こさせるばかりだ。コングポップは、三分に一度はエムのため息を聞いていた。ペンを握って微分方程式の問題を解いているエムの身体からは、負のオーラが漂っている。

「入試も難しかったけど、中間試験も難しそうだ。幼稚園からもう一度やり直したいくらいだよ！」

その声が聞こえたらしく、彼らの前に座っていたティウが振り返る。

「もう少しの辛抱だよ、試験が終わったら旅行が待ってる」

ティウの励ましの言葉は他の一年生たちの興味を引いた。

「旅行って何？」

「えっと……知らないの？　試験が終わったら、先輩たちが新入生歓迎旅行《ラップノーン》に連れていってくれるんだよ」

ティウの話に、コングポップも顔を上げた。

……歓迎旅行は、毎年行われている工学部産業工学科の伝統だ。他の学年の先輩たちも参加するし、引率の教授がついているので、チアミーティングのように過酷なものではないらしい。

「それってどこに行くの？」

コングポップの問いに、ティウは頭を振った。

「知らないけど、コードナンバーの先輩は毎年海に行くって言ってたよ」

……学校の近くには、ラヨーンやホアヒンなどの海水浴場があるが、どこの海に行くとしても異論はない。もう長いこと海には行けていないし、同級生たちと遊びに行くのも悪くない。

だが、その束の間の楽しい空想は、すぐにエムによって打ち消された。

「待てよ……本当に遊びなのか？　歓迎とか言ってまたいじめられるんじゃないか？　それに、学科のギアはまだもらってないよな？　忘れちゃいけないぞ！」

……そうだ。学科の旗は手に入れたが、まだ〃学科のギア〃が残っている。

これまでの経緯を考えると、学科のギアも手に入れるのは簡単ではないだろう。旗の争奪戦では、ギリギリのところでなんとか手に入れることができた。この次は何が待っているのだろう。いずれにせよ、全ての決定権を握るのは、今回もワーガーたちだ。

ちょうどその時、思い浮かべていた人物が現れた。

三年生が授業を終え、ぞろぞろと校舎から出てきたのだ。その中の何人かが、楽しそうに話しながら一年生たちの方へ歩いてくる。それに気づいた一年生も教科書から視線を離し、先輩たちに挨拶をした。

三年生の中には、あまり見かけない先輩と共に、よく見るワーガーたちの姿もあった。その一人であるアーティットは足を止めて、ホワイトボードを持つ二年生に尋ねる。

「何してるんだ？　オン」

「先輩、こんにちは。後輩たちと微分積分の勉強をしています。あっ……ちょうどよかった、一年生たちに試験対策を教えてやってもらえませんか?」

眼鏡をかけた二年生は三年生にも講座に加わってもらおうとしたが、彼は眉をひそめてあっさりとその頼みを断った。

「微分積分? もう二年前のことだから覚えてないな。覚えてるのは……俺たちの中でAを取れたのは五人だけで、半分近くはFだったってことだけだ」

やはりワーガーはワーガーなのだ。助けてくれないばかりか、ようやく育まれかけた自信まで粉々に砕かれてしまった。おまけのように、ノットが一言付け加えてくる。

「あっ、思い出した。試験の時、最後に残った時間で解答用紙に教授へのお願いを書いたら、なんとCをもらえたんだ。これは覚えておくときっと役に立つよ」

……それは本当に役に立つ裏技だ。一年生たちが熱心に先輩のアドバイスに耳を傾けはじめると、もう一人の先輩が自慢を始めた。

「それなら俺の方がすごいぞ! 解答用紙に教授の似顔絵を描いたんだ。毎回真面目に授業に出て、教授の顔を覚えたからできることだろ!」

一年生たちがざわめくのを眺めながら、アーティットが口を開いた。

「それで結果は?」

「……信じられないことにFだったんだ! 全く、優しさのかけらもないよ。〝教授へのお願い〟なんかより、似顔絵の方がよっぽど難しいのに。不公平だろ!」

先輩が昔のことで愚痴り、彼らの同級生たちは後ろで茶々を入れる。一年生たちはためになる裏技を期待していたが、〝F〟という結果を聞いた瞬間、希望は崩れ去った。それでも先輩の面白い話につい笑っていると、アーティットが会話に割り込んで、真剣な表情でアドバイスをくれる。

「ともかく、過去問題をしっかり復習するんだ。それでもダメだったら、来年の一年生と一緒にもう一度頑張れ」

「もう……そんなこと言わないで、彼らの健闘を祈ってくださいよ」

オンがそう言うと、一年生たちもお願いするように両手を合わせ、先輩たちの言葉を待った。

「よし！　皆よく聞くんだ！」

ノットが一年生たちの健闘を祈ってくれるらしい。彼は軽く咳払いし、簡単に励ましの言葉を述べはじめた。

「長寿、美白、幸福、健康でありますように！　サートゥ！〔仏教のお祈りの言葉〕」

「おい！　それが試験前の合格祈願かよ！」

解答用紙に似顔絵を描いたという先輩が、あまりにも的外れなお祈りに突っ込みを入れる。

ノットは頬を掻きながら恥ずかしそうに説明した。

「いや……俺だってボロボロだったし、俺が祈ってもご利益ゼロだろ」

「それでももうちょっとそれっぽいことはないのか？　おい、アーティット！　どうにかしてくれよ」

最後はエースの登場だ。アーティットは一年生の前に立ち、腕を組んで厳《おごそ》かに告げた。

「基礎科目も合格できないなら、お前たちは無能ってことだ。たとえ卒業できても、そんなやつらに未来はない」

……これは励ましではなく、辛い現実である。厳しい言葉を与えられた一年生たちは顔が青ざめ、ますます自信が急降下した。しかし、アーティットはさらに追討ちをかけてくる。

「だいたい、どこの会社がそんなやつを雇うんだ？　女の子に見向きもされず、酒を飲みながら自分を慰めて、二日酔いのまま授業に出ては居眠りをして教授に叱られる。同級生から借りた金も返さず、飯を食うにも金がなくて他人に払ってもらう始末。誰がそんなやつと友達になりたいと思うんだ！」

後半の言葉に引っかかったらしく、似顔絵の先輩が抗議の声を上げた。

「おい！　……待てよ！　まさかそれ、俺のことを言ってるのか？　おいアーティット！」

思いもよらず言いたい放題言われた彼は、今更気づいて異議を申し立てるも、他の三年生たちに爆笑され、一年生たちにまで一緒になって笑われる羽目になった。試験前の緊張した雰囲気が少し和らぐ。そして最後にアーティットは、一年生に励ましの言葉をかけた。

「心配する必要はない、試験はそこまで難しくはないよ。お前たちなら大丈夫だって信じてる」

ヘッドワーガーからの思わぬ言葉——そしてその〝笑顔〟に、誰もが固まってしまう。

……あのアーティットが笑っているのだ。穏やかな表情を浮かべ、彼らに温かい目を向けている。その様子は、常に殺気を纏《まと》わせていたこれまでとは別人のようで、逆にそこが魅力的にも見える。

「腹減ったな、飯行こう」

ノットが声をかけると、三年生たちは工学部の校舎を出ていった。まだ驚きの中にいる一年生たちは、今起きたことについて話しはじめる。特にアーティットが初めて見せた表情が印象的だったのか、ティウは困惑して言った。

「アーティット先輩の素の顔、初めて見たよ。あんな感じの人なの？」

「ほんとだよ！　チアミーティングが終わってから、ぜんぜん別人みたいだ。ちょっと天然だし、意外と面白い人だよな。コングはどう思う？」

エムがティウに同意を示しながら、親友の考えを尋ねる。

「そうだな」

コングポップは適当に答えながら、件《くだん》の人物の背中を目で追っていた。同時に、背後から女子学生たちの声が聞こえてくる。やはり先ほどのことを話しているようだ。

「ねえねえ、アーティット先輩って、笑うと全然怖くなかったよね？」

「ほんと！　これまでの険しい表情よりも、ずっといいよね！」

「でも私は厳しい感じの方が好きだな。クールでやばいもん」

「ほらほら、おしゃべりは終わりだよ。勉強に戻ろう、十二問目は……」

オンが話しはじめると再び静かになり、一年生たちは勉強に集中した。コングポップも視線を過去問の微分積分の数式に戻す。

……だが、理由はわからないが、さっきまでのように先輩の説明に集中することができなかった。数字が頭に入ってこない。

エムが愚痴っていたように、問題が難しいからか？　それとも、何か別の原因があるのだろうか？　彼は自分でもわからなかった。それでもせっかく先輩が開いてくれた〝ラストスパート講座〟に最後まで耳を傾けた。


講座が終わったのは二十時頃だった。

同級生たちはそれぞれの家に戻り、コングポップもモーターバイクで寮へ向かったが、部屋に帰る前に夕食を調達しなければならなかった。今日先輩が教えてくれた内容を復習するために、遅くまで勉強することになりそうだからだ。

屋台ではなく、寮の近くのコンビニで弁当や缶コーヒーなどを買い込もうと店の自動ドアを通る。冷蔵庫のある一番奥まで歩いていくと、そこにはどの緑茶を買おうかと迷っている人物がいた。今日の二回目の偶然の遭遇に、コングポップは思わず彼に話しかける。

「今日はピンクミルクじゃないんですね？　アーティット先輩」

その言葉に、緑茶を手にしたアーティットは振り返り、自分を揶揄った命知らずの正体を確かめた。相手がコングポップだとわかると苛ついた表情に変わったが、それでも淡々と答える。

「今日は店が開いてない」

コングポップは納得すると、しばらく口を噤み、そして別の質問をした。

「じゃあ、先輩がピンクミルクを好きだってことを知ってる人はいますか？」

その質問に、アーティットは手に持っていた緑茶を落としそうになり、怒鳴り声で返した。

「それを聞いてどうする！　言いふらすつもりか！」

コングポップは首を横に振りながら説明する。

「違います、ただ知りたかっただけです。じゃあ、ピンクミルクが好きなことは、誰にも言ってないんですね？」

「ない！」

ヘッドワーガーは吐き捨てるように答えた。何人かの同級生は知っているが、周りからのイメージをぶち壊すような情報をわざわざ広めたりはしない。

（００６２はなぜこんなことを知りたがるんだ。また俺を掻き乱そうとしてるのか？）

そして、アーティットの予想通り、コングポップはさらに質問を重ねた。

「あの日の夜、アーティット先輩がこっそり泣いていたことを知っている人はいますか？」

いたずらな言葉で、彼の脳裏にあの夜の出来事がよみがえる。恥ずかしさで顔が熱くなるのを感じ、急いで否定の声を上げた。

「いない‼」

「じゃあ、〝アイウン〟という呼び名を知っている人はいますか？」

（……くそっ！　こいつ喧嘩を売りに来ただろ！）

「コングポップ！　もしこのことを誰かに言ったら、ただじゃおかないぞ！」

大声を出したせいで、他の客たちの視線が集まった。怒りのあまり、アーティットは自分が店の中にいるということを忘れ、なおも相手を睨みつけている。

するとコングポップははっきりと宣言した。

「誰にも言いません」

その約束の言葉が怒りを抑えたのかどうか定かではないが、アーティットはそれ以上何も言わず、緑茶を手にレジへと歩いていった。そのあとを静かについていきながら、コングポップは自分のした質問攻めを反省しはじめていた。

「アーティット先輩、あの……」

「微分積分の試験はいつだ？」

謝ろうとしたコングポップの言葉を遮るように、彼が質問してきた。

「来週の水曜日です」

落ち着きを取り戻したアーティットを見つめて、コングポップは答える。アーティットがしばし黙り込むのを見て、昼間と同じようにまた自信を失くすようなことを言われるのだろうと、反射的に身構えた。

だが、耳に届いたのは予想と真逆の言葉だった。

「教授は符号付き面積をよく出題するから、そこをちゃんと勉強しておけ」

……揶揄われることも、嫌みを言われることもなく、思わぬアドバイスをもらった。

「はい！」

コングポップが短く返事をしたのを聞くと、アーティットはコンビニから出ていった。コングポップは呼び止めようとしたが、さまざまな気持ちが絡まり、声をかけることができなかった。

妙に安心したような気もするし、逆に気になって確かめたい気もする。

彼に聞きたいことがたくさんあるが、心の中にとどめておかなくてはならないものばかりで、口にする勇気がない。

それでもどうしても知りたいのだ。

……アーティット先輩が〝可愛い〟ことを知っている人はいますか？

……アーティット先輩が〝優しい〟ことを知っている人はいますか？

……あなたのその可愛さや優しさを知っている人は他にもいますか？　……僕以外に。

そして、これはいけないことでしょうか……？

僕がアーティット先輩にこの気持ちを伝えるのは……。

誰にも……それを知ってほしくないと。

一年生規則第十八条
ワーガーに心配をかけてはいけない

「コングポップとエムはオレンジ組ね。名札を受け取ったら三号車に乗って！」

コングポップと同級生たちはファーンから名札を受け取り、それぞれが乗るバスを告げられる。

今日は出発が早い。工学部の校舎前の空き地に、朝六時には集合の予定だった。

だが、一部の学生たちは五時半にはすでに集合場所に来ていた。遅刻した場合は不参加と見なして置いていくと、先輩たちから事前に警告を受けていたからだ。

もしその警告がなかったとしても早々に集合してしまうほど、この一泊二日のラヨーンへの新入生歓迎旅行《ラップノーン》を皆は心待ちにしていたのだが。

旅費は全て先輩たちが負担してくれるので、一年生は着替えを用意するだけでいい。だが、タダほど高いものはないという。今回の旅行には、いったいどんな対価が求められるのだろうか。

……もちろん、この楽しそうなイベントにも、ある目的が隠されている。

「ファーン先輩、この旅行の中で何か厳しい指導はありますか？」

エムの質問を聞いて、コングポップは少し不安を感じた。

……旅行の目的は一年生の歓迎だと聞いているが、それは表向きだ。こういった活動は毎年ニュースで問題として取り上げられていて、正直、良いイメージはない。だから、先輩たちがまた何かを企んでいるのではないかと、一年生が心配するのも無理はなかった。産業工学科では、まだ〝学科のギア争奪戦〟が残っているからなおさらだ。

だが、後輩の質問にファーンは笑いながら答えた。

「もう、厳しい指導なんてないわよ！　私たちも試験が終わったから遊びに行くだけ。怖がらなくて大丈夫よ」

ファーンの説明を聞き、ほっとしながら改めて辺りの様子を確認してみたが、先輩の言う通りのようだ。集まった学生たちは、先輩も後輩も皆、リラックスした様子で旅行を楽しみにしていて、まるでアイドルのファンミーティングのような雰囲気だった。移動用のバスのフロントガラスには、〝工学部産業工学科・環境保護意識を高めるラヨーン研修会〟というパネルが掲げられている。会の名目が全くのでたらめだということは、誰もがわかっていた。

旅行の参加は自由で、先輩たちから強制されるわけではないが、ほとんどの一年生が参加している。なぜならこれは産業工学科にとって重要なイベントであり、在校生に加えて卒業生まで参加しているからだ。もちろん、教授も何人か参加する。

そうして、総勢約三百人もの参加者が、学年ごとに分かれてバス五台に乗り込んだ。一年生の乗るバスには、レクリエーション班の先輩も一部乗り込み、道すがら雰囲気を盛り上げる予定だ。

さらに、二台の乗用車がバスの後ろを走り、もし緊急事態が生じた場合は対応することになっている。

出発時刻がきてバスは順番に発車し、目的地に到着する前に植物教育センターに立ち寄った。

こうして一応は、今回の旅行の名目を果たすらしい。

色によってグループ分けされた学生たちは、グループごとにスタッフから薬草の専門知識の講習を受け、それが終わると植物園内を自由に見学することができる。一年生たちは写真を撮り、SNSでシェアして楽しんでいた。自分の写真だけでなく、他の学生たちと記念撮影をする者もいて、不思議なことに記念撮影の相手として一番人気なのは、かつて最も恐れられていた人たちだった。

「アーティット先輩、一緒に写真を撮ってもらえますか！」

「いいよ！」

アーティットはすんなりと笑顔で応じ、女子学生たちと記念撮影をしている……彼らの人柄が受け入れられているのか、新しいファッションスタイルが人気なのかはわからない。

いまや皆、被っていた厳格なキャラクターの仮面も、毎日着ていた丸首の黒いTシャツも脱ぎ捨て、白いタンクトップの上にアロハシャツを羽織り、下はハーフパンツにビーチサンダルを履《は》いている。さらに麦わら帽子を被り、目元にはおしゃれなサングラス。まさに南国の海を思わせるスタイルだ。

それに彼らの周囲には常に陽気な笑い声が響き、以前のような冷淡な雰囲気などどこにもない。

それが一年生たちを引きつけ、女子学生からはまるでアイドルのように慕われている。その様子に、男子たちは指をくわえて見ているしかなかった。

「おい！　女子たちを見てみろよ！　これまでワーガーって聞いただけでも怖がってたのに、今じゃキャーキャー言ってやがる！」

「待ってろよ！　海に着いたら俺の鍛え上げたシックスパックを見せつけてやる！」

「ははは、シックスパック？　ワンパックじゃなくてか？　ブヨブヨに見えるぜ。コング！　お前も脱いで女子たちに見せつけてやれよ！」

オレンジ組の仲間たちの話を静かに聞いていたコングポップは、急に話を振られ、ポーズを決めて写真を撮られているワーガーから視線を離した。そして同級生たちの方に目を向け、興味なさげに頭を振る。

「悪い、俺、海で泳ぐのはあまり好きじゃないんだ」

それは本心だった。海に行くのと、海に入るのとは全く別の話だ。小学校を卒業して以来、海で泳いだことはない。彼は身体がべとべとになることや、海水の塩辛さが苦手だった。だからいつも海に行っても泳ぐことはせず、海を眺めたり、風に吹かれたりしながら何か飲み食いをしているだけだ。

「なんでだよ？　せっかく海に行くんだから泳ごうぜ。ワーガーたちからポイントを奪い返すのを手伝えよ」

オレンジ組の学生たちはそう言ってコングポップを巻き込もうとした。なんといってもコングポップはムーン・コンテストでグランプリを獲得しただけあって、女子からのポイントを稼ぐのにきっと充分な希望がある。それに、産業工学科はただでさえ女子が少ないから、先輩たちに持っていかれるわけにはいかないのだ。

「女子たちが泳ぐ姿を想像してみろよ！　きっとエロくて死ねるって。それを全部先輩たちに持っていかれていいのかよ？　しかも、泳ぐ時には彼女たちに接近できるんだぞ！　ひぃ～やべぇよ……天国だ！」

その言葉に、一年生たちの想像力が掻き立てられる。しかしコングポップが返事するより先に、突然後ろから誰かが声をかけてきた。

「海でたくさん泳ぎたいみたいだな？」

全員が同時に凍りついた。おそるおそる振り向くと、見慣れた恐ろしい表情と、それとは対照的に平和なライトブルーのアロハシャツが目に入る。

同じようなシャツを着ている集団の中でも、彼は最高位に就く人物だった。

アーティットはこっそり近づいてきたらしく、誰も彼に気づかなかった。さっきの会話を聞かれたに違いない……その証拠に、割り込むタイミングもぴったりだ。

「安心しろ、ご要望通り俺がお前たちに見せ場を用意してやるよ！」

ヘッドワーガーからの〝ありがたい〟申し出に、一年生たちは冷や汗をかいた。まるで死刑を宣告されたみたいだ。

アーティットは言いたいことだけ言うと、一年生たちを置いて去っていく。そして彼らはさっきまでの大騒ぎから打って変わって青い顔になり、〝見せ場〟のための心の準備をしなければならなくなった。

「もう、お前のせいだぞ！　余計なことを言うから」

エムが、念願通り海に入ることができるであろう友人に文句を言っている。コングポップは嫌気が差して、ついため息をついた。嫌でも海には入らなければならないことへの不満の代わりに、なんともいえない奇妙な感情が湧いてきてイライラする。

……なぜなのか自分でも全くわからない。だが、この不可解な気持ちを自分では不思議とどうにもできなかった。

考えれば考えるほどもやもやするので、コングポップは気分を切り替えてバスに戻った。

目的地であるラヨーンまでは数時間かかり、お昼頃、一同はついに静かな海辺のリゾート地に到着した。

コングポップはバスを降りて、皆の荷物を集合場所の広場へと運んだ。宿泊所をぐるりと見回すと、いくつもの小さなバンガローや会議室、広場があって、あちこちにたくさんの木が植えられている。空気が綺麗で、海岸の方には椰子《やし》の木と海がのぞき、辺りには潮の香りが漂っていた。

全員がバスから降りると一年生は広場に集合し、先輩たちからここでの規則や注意事項を説明された。特に、学校外だからといって羽目を外しすぎないようにと注意を受ける。

……主催の先輩たちは大きな責任を負っている。中でも後輩たちの安全は最優先事項だ。

それから、それぞれが寝るバンガローの鍵が配られた。一軒に二十人宿泊することができる小屋に荷物を運び、食事を取って、午後からの活動に備えることになった。

食事のあと、一年生たちは八つのグループに色分けされ、順番に各ミッションに送り出された。

これらのミッションには難しい課題はなく、箱の中身当てゲームや飴玉探し、そして顔にペイントするゲームなど、よくあるアクティビティばかりだった。どれも特に一年生を困らせるような内容ではなく、今朝ファーンが言っていたように楽しむことに重きを置いたもののようだ。

海に最も近い場所で行われるミッションはアーティットが担当だったが、それもとてもリラックスした雰囲気だった。アーティットが浜辺で歌い、隣ではノットがギターを弾いている。新たなグループがやってくると、彼はゆっくり立ち上がり、一年生たちを歓迎した。

「女の子たちはこっちの日陰に集まって！　歌を聴かせてあげるよ」

優しい声で女子たちを日差しを遮るパラソルの下へ案内する。彼女たちはヘッドワーガーの特別な待遇に大喜びして集まった。

それから、アーティットは男子たち――ちょうど今朝、目を付けられてしまった彼らだ――に向けて言った。

「ああ、お前たちは海で水遊びがしたいらしいな？　だったら好きなだけ遊ばせてあげよう。男子全員、服を脱いで海に入れ！」

ヘッドワーガーは海でもヘッドワーガーである。少しばかり近づきやすくなったとはいえ、彼の命令は絶対だ。やむなく男子たちは言うことに従い、次々とシャツを脱ぎ捨て、鍛え上げられた身体を見せびらかす。それを見て女子たちは歓声と応援の声を上げ、何人かの先輩たちもその様子を見物に来た。

そして続けざまに、これまでで最強かつ最悪な指令が次々と下された。海の中でスクワットしろ、浜辺を匍匐《ほふく》前進しろ、そのまま浜辺を転がれ……。衣を纏い、油で揚げる準備が整ったトンカツのように男子は全身砂だらけになり、それを海で洗い流すというサイクルを何度も繰り返しやらされる。

しかも、指令を出したアーティット自身はといえば、女子たちのところへ戻って歌い、男子たちが指令をこなす様子を見守りすらしない。傍から見てもわざと一年生をいじめているのは明らかであり、当の被害者たちも身を持って感じていた。

「女子たちを口説くために俺たちを海に行かせて罰を命じるなんて、どう考えたって不公平だろ！」

同級生たちの不満の声を聞いていたコングポップは、アーティットの楽しそうな様子に、なんともいえない奇妙な感情に突き動かされるように腹が立ち、その気持ちに促され立ち上がった。

「許可願います！」

そこにいた全員の視線が一気に集まった。女子たちと歓談中だったアーティットも目を向ける。そして彼を驚かせたのは、またもやヒーローが登場したことではなく、コングポップが珍しく、何かに耐えられない様子だったことだ。彼はヘッドワーガー然とした厳しい口調で尋ねた。

「どうした？」

「僕たちはアーティット先輩の命令で炎天下の中海に入っているのに、先輩ご自身がそこで歌っているのは不公平ではありませんか？」

アーティットは目を瞠った。これまでも0062は何度もワーガーに対して抗議してきたが、どうやら今回ははっきりと不満を抱いているようだ。

それでもアーティットは厳しい表情のまま、不遜な口調で言い放つ。

「これくらいで文句を言うようで、他に何ができる？」

「なんでもできます！　これまでのアーティット先輩が命じる訓練の中には、有意義なものもありました。しかし、この活動のどこに意義があるのでしょうか。ですから、僕たちにとっては不公平だと思います！」

先輩に敬意を払わず、くだらない議論をぶつけられ、アーティットの怒りに火がつく。

「なんでもできると言ったな？　だったら一人で海に浸かって頭を冷やしてこい。充分な理由だろ？」

浜辺にいた一年生たちは皆黙り込み、命令を受けてその場に立ち尽くす彼を見つめた。そしてコングポップは命令を受け入れ、アーティットに背を向けると海に向かって歩いていった。

水に入り、さらに沖へと進んでいく。その足取りはとても重かった。だが、足取りだけでなく、コングポップの心も重くなっていった……。

どうしてアーティットにあんな抗議をしたのか、コングポップは自分の気持ちがよくわからなくなっていた。理由なんてない。ただ、同級生の愚痴を聞いているうち、気づけば我慢の限界に達していたのだ。これまでもワーガーに罰を与えられた時には、友人たちから同じような愚痴を数えきれないくらい聞いてきたはずだ。それなのになぜ、今回だけ感情的になってしまったのか
……後先考えずに抗議してしまうほどに。

……しかも、いつも通りの結果になってしまった。

コングポップがアーティットを怒らせ、罰を命じられる。いつもこの繰り返しだ。

本当は彼とちゃんと話がしたい。アーティットが他の学生たちと一緒に笑っているように。だがコングポップにはその機会さえも与えられない。そしてそれは他の誰でもない、彼自身のせいでこの現状を引き起こしているのだ。

(……こんなことをして、アーティット先輩は僕を嫌いになるだろうか?)

深く考えたくなかったコングポップは、自分の胸に向かって一つ、また一つと打ち寄せる波をただ見つめていた。泳げるので溺《おぼ》れる心配はない。

(……アーティット先輩が言った通り、頭を冷やすべきなのだろうか?)

そう考えると身体が勝手に動き——コングポップは目をつぶって海に潜り、冷たい水に浸かった。冷静になるため、水中でゆっくり息を吐き出す。そして水面に顔を出そうとしたその時、突然大きな叫び声と共に、上に向かって引っ張られるのを感じた。

「コングポップ！　大丈夫か？」

誰かが自分の名前を呼んでいる。

顔を出して初めに目に入ったのは、ひどく狼狽えたアーティットの表情だった。先輩がどうしてここにいるのかわからない。尋ねようと口を開けた時、アーティットに思いっきり引っ張られ、コングポップは反射的に海水を飲んでしまった。それなのにアーティットは構わず彼を浜辺の方へ引っ張っていく。

浜辺へと引き上げられ、海水を飲んでしまったコングポップは咳き込んだ。その様子を見たアーティットはさらに焦ってしまい、慌ててコングポップの頭を支える。

「コングポップ！　何があった？　息はできるか？　足が攣ったか？　それとも海月《くらげ》に刺されたのか？　救護班！　早く救護班を呼んでくれ！　急いで！」

ヘッドワーガーがあたふたしながら救護班を呼んでいると、かすかに聞こえた声にいったん言葉を止めた。

「うぅ……先輩、僕は大丈夫です」

何もなかったかのように起き上がり座ったコングポップに、アーティットはなおも追及を続ける。

「どこが大丈夫なんだ！　お前が溺れるのを見たんだぞ！」

「違います、潜っていただけです」

「は？　なんで潜ったりしたんだ！」

「それは、アーティット先輩に海に浸かって頭を冷やせと言われたので、潜ったんです」

……その言葉を受け、ビーチにいた全員が言葉を失う。

アーティットは目を瞬かせながら必死で考え、話を繫ぎ合わせようとした。

（……要するに、今助けに行ったのは、俺の早とちりってことなのか？　確かに……海で頭を冷やせと言ったが、まさか、本当に海の中に消えていくなんて……！　……こいつはバカか！いったいどうしてこんなことをするんだ！）

アーティットの心配が怒りへと変わる。ヘッドワーガーは拳を握りしめて怒鳴った。

「お前はバカなのか！　お前は、俺が死ねって命じたら死ぬのか？　少しは自分の頭で考えろ！」

アーティットの言葉にはさまざまな感情が入り混じっているようだったが、一つだけ確かなことがある。彼がこれほど怒っている様子を、コングポップはこれまで見たことがなかった。

その時、ようやく駆けつけてきた救護班のファーンが声をかけてきた。

「どこ？　誰がどうしたの？」

「もういい！　今日はここまでだ！　解散！」

アーティットは叫び、呆然とする学生たちを残してその場から立ち去った。コングポップ自身も呆気にとられたまま彼の後ろ姿を見送る。するとエムが手を差し伸べ、コングポップを立たせてくれた。

「おい、お前どうしたんだよ。大丈夫か？」

「うん、大丈夫」

「もう……溺れたと思ってびっくりしたんだぞ。アーティット先輩が真っ先に海に飛び込まなかったら、俺たちは何も気づかなかったよ！」

エムの説明を聞いて、コングポップはふと思った。

……そうだ。さっき何が起こったのかも、どれほど心配されているかもわからなかったが、少なくとも相手の行動と口調から、自分を気にかけていることを感じ取ることはできる。

——何よりも、彼のその瞳が物語っていたのだ。

——To be continued

Daria Series uni

SOTUS 1

2021年11月10日　第一刷発行

著　者 —— BitterSweet

翻　訳 —— 芳野 笑

制作協力 —— ラパン株式会社

発行者 —— 辻 政英

発行所 —— 株式会社フロンティアワークス
〒170-0013　東京都豊島区東池袋3-22-17
東池袋セントラルプレイス5F
[営業] TEL 03-5957-1030
[編集] TEL 03-5957-1044
http://www.fwinc.jp/daria/

印刷所 —— 中央精版印刷株式会社

装　丁 —— Hana.F